Irlys Barreira
Mulheres em ponto-cruz

PRIMAVERA
EDITORIAL

Ilys Barreira

Mulheres em ponto-cruz

PRIMAVERA
EDITORIAL

Prefácio

Tecendo mulheres

ESTE LIVRO É UMA VIAGEM EM DIREÇÃO À NOSTALGIA. Acomode-se, pegue suas páginas como se contemplasse um trabalho de cerzir ainda no bastidor, a agulha no pêndulo da linha. Você completará o desenho, na medida em que conhece estas figuras, lê sobre estas histórias.

Comece por essa mulher de nome primordial, Ada, que narra e faz de cada relato uma semente. Depois siga com Adriana e seu riso – combate a tantos lutos culpados. Conheça Aglaíde e seus pedidos para o rio, Almerinda e suas previsões... São 25 protagonistas que estes contos trazem, mas há muitas, muitas outras personalidades associadas, pontos que deixam ver seus nós, sugerem seus avessos.

Irlys Barreira é penélope das letras e constrói também sua via-crúcis do corpo, à maneira de Lispector. Ela se inclina para o maravilhoso e a fábula, com os meios adequados – e, o mais importante: constrói figuras que sofrem "sem o martírio do irreversível". Suas personagens não são apenas, ou necessariamente, vítimas das circunstâncias. Conheça, por exemplo, Ângela, Bárbara, Délia, Gilda... cada uma lembra que há mistérios, e qualquer pessoa pode (ou até deve?) possuir seus hábitos secretos.

Como em qualquer caso de amor – ou de leitura –, a gente sempre seleciona o que nos convém. Há, portanto, personalidades que vão causar maior simpatia em alguns, certa rejeição em outros... Dalila, na descoberta das identidades a partir das suas filhas gêmeas, foi uma das que mais me marcaram. Igualmente Jacira, vivendo o drama de tantas mulheres de boêmios (mas com uma "moeda da tolerância", ou um gesto de desforra), e Laura, com seu extravasamento musical, fizeram com que eu parasse um pouco de ler, para pensar. Esta é uma ótima pista de quando o livro nos cabe, atinge a nossa medida, acomoda-se ao nosso talhe.

Não há tamanho único que sirva para todas as realidades. Creio que esta é a mensagem que *Mulheres em ponto-cruz* alarga. À semelhança deste ofício tão feminino do bordado, os contos de Irlys se desenvolvem com minúcias e se ajustam a cada leitor, tocando num ponto mais sensível aqui, mostrando uma cruz ali. Mulheres afinal são pacientes, costuram, alinhavam, estão a todo instante ocupadas com os fios de suas tramas. Irlys sem dúvida criou neste livro uma bela tessitura!

Tércia Montenegro

Sumário

Ada
Adriana
Aglaíde
Almerinda
Ângela
Bárbara
Dalila
Délia
Denise
Ethel
Eulália
Gilda
Iara

Jacira
Laura
Leila
Luiza
Madalena
Margarida
Maria das Dores
Melinda
Regina
Rosita
Veleda
Zenaide

Sumário

Ada
Adnana
Ielsida
Almerinda
Ângela
Bárbara
Dalila
Délia
Denisse
Ester
Eulália
Gilda
Inez

Jadra
Laura
Lena
Lúcia
Madalena
Margarida
Maria das Dores
Mehilda
Regina
Rosira
Veleda
Zenaide

Para meu irmão Iran, presente na
graça e cumplicidade dos contos.

Ada

— EITA! VOCÊ DEVERIA TRANSFORMAR ESSAS HISTÓRIAS de tias, madrinhas e conhecidas de sua infância em contos. Por que não? A verdadeira literatura está na vida, no olhar acurado de quem vê o mundo pela cortina, um teatro filtrado pela sensibilidade.

Entre a surpresa e o impacto, Ada escutou o comentário do professor de Literatura. Aquele dizer não lhe passou em vão, então resolveu fazer do anedotário familiar restrito a matéria-prima que antecedeu os registros no papel. No entanto, não sem antes garimpar reminiscências. Conversou com o irmão em doença terminal e, juntos, recordaram os tempos em que o fantástico e o real pareciam compor uma dança sem fronteiras. Risos e lembranças eram sopros de vida, a carne e o osso da memória.

O maior desafio seria sair da linha da fidelidade biográfica. *Quem conta um conto aumenta um ponto*, pensou Ada. Foi juntando pontos que pareciam chover em profusão. Ponto falso, ponto verdadeiro, ponto inventado. E o passado foi voltando, cheio de graça. Cada personagem tornava-se uma caricatura de si mesma, uma artesania no realce de predicados e defeitos.

Outra virtuosidade no processo. Ada sentiu-se dando brilho a seres anônimos de vida pouco notável; mulheres. Criaturas cerzindo nas brechas de um mundo desigual, sob o olhar avaliador de famílias e de todos os outros. Não que fossem puras vítimas, pelo contrário: antes da Lei Maria da Penha, com exceção de algumas parentas de Ada, elas aprenderam com recursos pessoais a driblar oportunidades escassas, a lidar com o que o mundo oferecia, a rir de si ou fazer rir. Sofrer sem o martírio do irreversível.

Poderiam ser mostradas como mulheres absolutamente comuns. A maioria banhava-se com sabonete *Cashmere Bouquet*, usava leite de rosas, empoava-se, tinha grampos no cabelo ou, por uma graça casual, viajava nas asas da Panair. Grande parte não conheceu o celular e ouviu novela pelo rádio, catando fantasias ou buscando algum respiro nos espaços restritos de um mundo ainda provinciano. Algumas acreditavam no destino e sonhavam com um final feliz no desaguar dos desencontros. A maior parte habitava o mundo das cartas, diários, conversas nas calçadas, premonições, burburinhos sobre as transgressões proibidas e comentadas à boca miúda. Outras, já tocadas pelo dom das leituras, dos estudos e viagens, imaginavam um futuro melhor que o presente. Viviam o ritual da busca. As que frequentaram os novos tempos experimentaram outras estradas, carregando por vezes os mesmos mapas de navegação.

Voltar à infância não era fácil para Ada, testemunha envolvida na trama dos acontecimentos familiares. Lembrou-se de que o risível de hoje era incompreensível aos seus olhos curiosos de criança. E o estranho agora se tornou lapidado pela força do tempo, com os mistérios da ambivalência; nem tudo é atravessado pela verdade ou mentira. E não é que o tempo tenha elucidado as estranhezas; antes, incorporou-as como partes da vida, o que não se vê para além das evidências.

Não se vê, mas pode ser contado. *As esquisitices da época transformavam-se em matérias de outro barro, lapidadas pelo artesanato do tempo,* pensou Ada, libertando-se da lógica que complica tudo, especialmente a criatividade narrativa.

Ada foi colecionando lembranças e aguçou a memória nos detalhes que deram singularidade às vidas. Pensou que suas personagens pouco tocadas pela notoriedade não se distanciavam tanto daquelas que inspiraram Gabriel García Márquez ou Italo Calvino. Registrou assim amores e práticas risíveis, as mulheres e as costuras da época, a solidão do ser humano, tristezas, desencontros e alegrias que conferem excentricidade aos habitantes da Terra.

A cada conto um encontro, e Ada foi se vendo um pouco na história de cada uma, na memória seletiva que faz também da escrita um binóculo com autoria. Ada e suas tias, que eram amigas da mãe ou parentes das suas conhecidas, estavam profundamente imersas na atmosfera do seu tempo. Como se debulhasse contas de um rosário, ou costurasse os tecidos da vida, Ada se deixou levar pela escrita na errância da memória e das palavras.

Antes de sair desta vida, seu irmão leu os contos na cama do hospital. Pôde rir ou chorar com as lembranças que eram retratos de seu passado, ele também pedindo licença para integrar outras memórias.

A chama dos contos ainda em seu berço ganhou nova densidade com o dito do professor de Literatura:

— A gente escreve para ressuscitar pessoas que se foram.

E, assim, Ada deixou escoar no papel histórias de um mundo perdidas no decurso de gerações. Sentiu-se construindo um fio do tempo com as cores e os pontos que conseguiu lembrar e imaginar.

Adriana

NA FAMÍLIA DE ADRIANA, NÃO SE MORRIA DE MODO natural; sempre havia uma causa atribuída a alguém. Podia ser o pai, a mãe, o irmão, primo ou parente distante. O destino ou a vontade de Deus não operava naquele grupo nuclear, em que a ordem dos eventos trágicos deveria ter uma explicação mais terrena, visível, palpável. Identificar culpados sossegava o espírito, condensava em alguém as raivas e tristezas da morte, dando sentido aos fatos.

Melhor corporificar a razão do que embarcar em uma formulação longínqua que suporta o irreversível, mas deixa sempre um punhado de incertezas. Como saber em que momento se exercia a vontade de Deus ou do destino? Talvez a atribuição de culpas pessoais permitisse, se não prevenir tragédias, resolver com mais eficácia os vazios do inesperado.

— A Maria do Carmo morreu porque o marido era muito ruim, o coração não aguentou.

Como o cortejo de maridos ruins era imenso, naquele tempo em que a tolerância era considerada uma virtude feminina, os homens eram sempre potenciais assassinos. Ao menos seriam julgados no tribunal familiar de Adriana. A Lei Maria da Penha, longe de ser criada, era ao menos insinuada no varejo doméstico, concentrando-se as penalidades nos comentários que se espalhavam de boca em boca.

— Não sei como ele tem coragem de visitar a sogra depois de tudo o que fez com a filha, provocando-lhe o ataque do coração.

— E o filho da Raimundinha? Devia morrer de remorso.

As culpas não se restringiam aos homens.

— A Luiza, coitada... tinha uma filha tão ingrata que ela foi entristecendo até criar o câncer que a levou.

Mesmo as mortes acidentais não eram frutos do acaso; o Maurício, de tão distraído que andava desde que descobriu a traição da mulher, morreu atropelado. E o desastre de avião da Camila? Ela nem precisava viajar, não fosse a pressão familiar para que acudisse a tia doente. Era uma obrigação de sobrinha mais velha, teimou a irmã mais nova, que rivalizava com a bela Camila de forma escancarada. Quando Letícia percebeu olhares acusatórios de uma sentença duvidosa, pois fora um acidente, pregou fotos da irmã por todos os lugares da casa. No confessionário, o padre disse que ela precisava acreditar no julgamento de Deus e deixar de se martirizar.

No entanto, não era só atribuição de culpa que acionava a identificação dos motivos para as mortes. As causas personalizadas eram também um sinal de regulação moral.

— Se você continuar assim, vai acabar matando sua mãe — dizia o pai quando sentia a falência de sua ordem sobre os comportamentos indesejados dos filhos.

E o verbo morrer também ia se derivando nos usos. Morria-se de vergonha, de desgosto e de raiva.

Só Adriana morria de rir. Em sua rebeldia peculiar e humor inquestionável, fugia das mortes anunciadas e tentava introduzir, sem sucesso, uma alternativa na explicação dos eventos trágicos. Buscava, em atributo, ensaiar um futuro de psicanalista, cultivar o peso relativo da vida, já tão sacudida pela culpa, desde que percebera o olhar incisivo dos outros. Não acreditando nos desígnios de Deus, Adriana queria desfazer aquela gramática familiar acusatória. Recebia em sua casa parentes longínquos, considerados culpados de morte, e ignorava a intimidação para que aderisse aos enredos do léxico habitual.

Quando Adriana descobriu que o marido, Danilo, se rendeu a outros abraços, usando de sua condição de chefe como justificativa para prolongar-se mais do que o necessário no trabalho, resolveu que não iria transformar sua dor em prenúncios de luto. Assim, ao contrário do credo familiar, enfeitou-se o máximo que pode. Concentrou-se nas conquistas e nos desafios da vida. Até fingiu ignorar quando Danilo olhou curioso para sua boca vermelha e o salto alto realçando a saia curta. Assim, evitou acusações ao marido e buscou outras vias para acalmar seu sofrimento. Nem sequer podia desabafar com a família. *Se ele pode, eu posso também*, imaginou.

Quando se apaixonou pelo colega que ouvia suas queixas sem opinar, Adriana conseguiu driblar o enredo da culpa. Flávio era casado, e nada de se acusarem por um romance construído em igualdade de condições. Assim, foi vivendo as verdades dúbias da vida, encontrando caminhos de ida e volta, fazendo torções nas narrativas familiares e na própria forma de construir os enredos.

Reencontrou Danilo no dia em que ele percebeu sua fuga lenta para algum lugar desconhecido. Foi quando Adriana voltou a receber flores e propostas de viagens, que já nem mais lembrava.

Quando a filha perguntou:

— Mamãe, quem foi o culpado pela morte da tia Camila?

Adriana respondeu:

— Minha filha, quando você crescer, vai entender que a morte é um mistério, assim como a vida e tudo o que nos escapa.

E um novo léxico foi se tecendo.

Aglaíde

NAQUELA CIDADE, A BELEZA FEMININA ERA COMO fruta a ser colhida no tempo certo. Aglaíde, aos seus 35 anos, sem um pedido de casamento, foi desdobrando a espera pelo marido em etapa antecipada da maternidade. Visitou hospitais e deixou documentada a intenção de acolher uma criança.

A notícia de que receberia uma menina doada por uma família numerosa e sem condições de uma boca a mais para alimentar encheu sua vida de esperança. Foi quando pensou nos nomes e suas imensas possibilidades: *Maria da Glória, Maria Ângela* ou *Maria de Jesus*?

O nome Maria das Garças dava a impressão de um engano do escrivão, até que Aglaíde explicava o motivo. A inspiração veio das aves brancas que costumavam sobrevoar o rio, próximo à casa onde a menina foi recebida. Naquele dia, Aglaíde contemplou a paisagem e escutou o arrulho das garças festejando o momento. Pensou que o branco era sua cor de sorte. A cor das aves, dos anjos e depois do vestido de um ano de Garcinha, feito de renda bordada.

O Rio Acaraú atenuava a aridez da cidade. O ir e vir das chuvas criou seu tempo; pescas e banhos em períodos de cheia. Aglaíde costumava, aos domingos, levar a Garcinha para banhar-se em águas limpas e experimentar o gosto da natureza em sons, cheiros e cores. Ensinava à menina, desde os 3 anos, o prazer das caminhadas e a dádiva dos mergulhos necessários à saúde em cidade quente e longe do frescor do mar.

Os usos sagrados do rio eram conhecidos; em suas margens, jogavam-se pedidos de casamento enrolados em papel e postos em garrafas. Aglaíde lançou por vários anos preces engarrafadas no mês de junho, as quais nunca tiveram efeito. Pareciam ficar no arquivo secreto do Santo Antônio casamenteiro. Sustou os pedidos depois da chegada de Garcinha, supondo que precisava dar trégua ao seu desejo por um companheiro. Agora tinha para quem dirigir seu afeto – e, quem sabe, o santo olharia para outras mais carentes.

Quando Maria das Garças completou 15 anos, o rio já não era o mesmo na imaginação e no uso dos visitantes. Agora muitos iam ao local se banhar de lua em busca de encontros proibidos. Garcinha também abandonou as recordações de infância. Ela e outras moças silenciavam, no confessionário, suas saias levantadas naquele local malvisto por famílias da sociedade. As Moças do Rio foram assim chamadas porque eram cobiçadas por adolescentes e outros, já passados da idade, porém ainda em busca da frescura nascente.

Aos 18 anos de Garcinha, momento privilegiado de beleza em que os santos exercitam o milagre com facilidade, Aglaíde engarrafou um novo pedido. Que Santo Antônio desse à filha um futuro garantido, corrigindo sua frequência no grupo das Moças do Rio.

E o pedido foi atendido pouco tempo depois.

Doutor Haroldo viu o olhar de riacho de Garcinha encorajar-se no respeitado branco de sua roupa. Na barca, em busca de locais pouco acessíveis ao serviço médico, era possível comprovar seu empenho no trabalho de saúde comunitária. O visitante médico aguçava nas moças da cidade a fantasia do cuidador. E cada uma se imaginava capaz de atrair o jovem de 24 anos com vontade de dedicar-se à profissão e, talvez, disposto a construir uma família.

Maria das Garças soube a justa dose do oferecimento, olhos baixos e fugidios escorregando pelo chão, depois da intensidade da visão correspondida por Haroldo. Encontraram-se às escondidas e ousaram afetos adiantados para os costumes da época. Garcinha retribuía e disfarçava a aprendizagem adquirida na beira do rio.

Os excessos foram apaziguados no véu branco de noiva, mais cedo que o esperado e sob o espiar apreensivo de Aglaíde. As orações e um olhar curioso dirigido ao casal pediam pressa, antes que a vida embaralhasse as cartas de um jogo quase ganho.

Os ombros suavemente erguidos e o caminhar lento de Garcinha na passarela da igreja ficaram na memória de outras moças à espera de sua vez.

Aos poucos, o rio seguiu o curso das mudanças, margeando prédios e calçadão. E o que se chama de progresso virou ponto turístico. Na carência da geografia, em momentos de seca, os pedidos de moças, sem destino certo, amontoavam-se em garrafas coloridas, enfeitando o vale enlameado em que tinha se transformado o largo das águas.

O riacho tornou-se azul no postal, emprestando nome ao bar Bela Vista Acaraú. Virou memória. Crianças escutavam na escola que as sereias vinham daquela água. Também costurou esquecimentos. O anedotário sobre as Moças do Rio foi silenciado por razões da lógica cotidiana. Por que recordar histórias já lavadas no prestígio dos casamentos? Garcinha, ocupada que estava em cuidar da casa e dos filhos, esqueceu os prazeres da descoberta. Mantinha apenas a lembrança dos banhos inocentes festejados com a mãe.

Quando Garcinha acompanhou o marido transferido para o serviço médico em outra comunidade, Aglaíde sentiu a solidão de mulher madura. Olhou-se no espelho e pensou que os traços da juventude não haviam se desbotado. Contemplou sua boca bem desenhada e os olhos que ganharam o veludo do tempo.

A garrafa branca jogada na beira do rio continha o novo pedido, agora bem mais modesto: "Ele nem precisa ser rico ou bonito, basta que seja sem vícios e me leve à missa aos domingos".

Almerinda

CHOVIA INTENSAMENTE; HÁ VINTE ANOS, CHOVIA assim no mês de janeiro. Era nos dias de chuva mais forte que Almerinda reunia todo o medo guardado e enunciava profecias.

— O mundo vai acabar — dizia de mãos postas. — Olha a força dos relâmpagos, o barulho dos trovões!

Na rua todos a tinham como "doente dos nervos", mas não deixavam de acreditar em suas previsões. Ela anunciara, pelo menos uma semana antes da ocorrência, a batida do trem. Aconteceu o mesmo na queda da parede do açude, incluindo o raio que partiu as árvores do centro de Aracati.

Almerinda era adivinha de muitas tragédias e aos poucos se especializou em aconselhamentos. Mulheres com suspeita de traição vinham consultá-la e recebiam prescrições para retardar o inevitável. No tempo em que os ideais de planejamento e prevenção começavam os primeiros balbucios, Almerinda foi modernizando seus conselhos. Sim, era possível um arranjo com o destino. Mesmo sabendo que com os poderes celestiais nada se podia fazer, ao menos havia a esperança de enganar o futuro por um tempo. Foi quando plantou alguma semente de ilusão entre os que a consultavam, encontrando brechas para ampliar sua clientela.

Para as mulheres ameaçadas de traição, dizia:

— Faça assim: cozinhe seis dentes de alho, dois centímetros de gengibre e faça ele beber todos os dias em jejum. Essa bebida vai acalmar a vontade dele de sair por aí sem hora pra voltar.

Almerinda também foi aprendendo outros modos de expor suas antevisões, enxergando a curva sinuosa dos acontecimentos e seus desvios. Quando políticos passaram a consultá-la sobre prognósticos eleitorais, sugeriu pingar gotas de otimismo em hipóteses remotas de vitória.

Para os candidatos, aconselhava:

— Mesmo sabendo que dificilmente ganhará, não tire a esperança dos eleitores. Diga que a crença de cada um remove a ira dos deuses contra os descaminhos da política. Ajude as pessoas a pagarem as contas de luz e gás, que isso também pode travar os caminhos do destino.

Como ninguém gostava de imaginar o pior, ela passou a desenhar raios de sol entre os escuros que costumava ver. Assim, embaralhou cartas e plantou sonhos. O destino podia esperar.

Os filhos de Almerinda não aceitavam as profecias da mãe, tampouco os efeitos de seu dom cultivado em casa cheia, sempre assediada por pessoas com ansiedade de futuro. André e Renato tinham planos de estudos universitários e, na coerência do pensamento racional, envergonhavam-se do que se explicava por meio de imaginações, sem o respaldo da lógica.

André e Renato amargavam a separação dos pais, que intensificou os pendores da mãe para o sobrenatural.

Joselino, o pai, era o oposto. Formado em Contabilidade, pautava seus projetos em planilhas e investimentos a curto, médio e longo prazo. Neles vislumbrava uma estrada para os filhos, que deveriam seguir etapas em vista de um futuro.

No entanto, como na vida nem tudo segue a rota da previsibilidade, Joselino driblou a razão e se encantou pela secretária do banco onde trabalhava. De nada adiantaram os apelos de Almerinda, com previsões de que os demônios andavam rondando sua casa. Ele também que se cuidasse, pois ela já conseguia enxergar doença no horizonte. Para essa tempestade, sentia-se ainda menos preparada.

O cheiro de vela e a vassoura na casa pintavam desde cedo. Almerinda costumava dizer que seu lar era modesto, mas limpinho. Ela própria não esquecia o perfume depois do banho diário, motivo de comentários frequentes de Joselino:

— Você cheira a flor de laranjeira.

Com a secretária, Joselino conheceu outros perfumes mais refinados. Eliana comprava fragrâncias importadas, e Almerinda logo percebeu o odor almiscarado entranhado na camisa de Joselino. Foi a gota d'água que se somou a outros indícios capturados no observatório de Almerinda, já sentindo as ausências do cotidiano, o olhar perdido do marido e as saídas sem razão de ser. Joselino andava muito arrumado para dias comuns.

Antes que ele comunicasse a saída, Almerinda adiantou-se no desfecho:

— Eu sei que você vai embora, mas esse caminho tem ida e volta. Um dia a doença vai te trazer, e eu não sei se esta casa vai acolher passos arrependidos.

Dessa vez, também não se enganou sobre o futuro. Joselino só esperava uma oportunidade, queria deixar para trás o que parecia igual, enfadonho e sem a cor da novidade.

Foi em um dia comum, sem preparo de véspera, em plena terça ensolarada, que arrumou as roupas e saiu como se fosse fazer uma viagem qualquer. Saiu sem tomar café, sem olhar para Almerinda, que disfarçou o choro com o barulho da louça e a música no rádio.

Dois anos depois, Almerinda recebeu um bilhete: "Quero seu perdão por tudo o que fiz. Saí iludido pela novidade. Quero de volta o teu cheiro. Estou doente e preciso que você cuide de mim".

O bilhete não foi respondido com a precisão do pedinte. Ele que aguardasse e pagasse um pouco pela ousadia sem preço, o veneno e o baque da saída inesperada. Agora fabricava o perdão em gotas, porque o tempo ensina a esperar.

A chuva fina no telhado não aterrorizou Almerinda. No meio da noite, ela ficou parada vendo os clarões do relâmpago e ouvindo os trovões. Sabia que daquela vez o mundo não ia acabar. Pelo menos não dessa vez.

Ângela

DE LONGE ERA POSSÍVEL VER SUAS PERNAS SOB A SAIA justa, torneadas como se fizesse ginástica, levantasse peso, como se naquele tempo houvesse academia.

Ângela, de estatura média, não parecia ter pressa na cadência dos passos, caminhando em direção à esquina movimentada. Era em razão do lugar que frequentava – no qual mulheres, quando muito, poderiam passar rapidamente – que Ângela circulava na boca da vizinhança.

— Não sei o que ela faz todos os dias naquela esquina. Coisa boa não é.

Ganhou fama de namoradeira. Pior ainda, diziam que encontrava parceiros casados em horários de fim de expediente, quando o véu da noite protegia homens motorizados, cansados do trabalho e ávidos por aventuras.

Ângela tinha humores alternados. Em casa, sempre séria e avessa aos barulhos de sobrinhos, costumava fazer palavras cruzadas nos intervalos de seu trabalho de funcionária da empresa de energia elétrica. Cultivava a leitura em uma estante de livros, encapados em papel madeira, com títulos escritos no dorso, o que mostrava seu pendor para organização. Lá se podia encontrar: *O morro dos ventos uivantes, O conde de Monte Cristo, O crime do Padre*

Amaro, Dona Guidinha do Poço e outros exemplares, todos classificados em ordem alfabética.

Uma vez por semana, Ângela dava-se ao trabalho de retirar a poeira, deixando a estante aberta em dias ensolarados.

— Se o ar não se renova — dizia — os livros criam mofo e estragam para sempre.

Não se importava que outros lessem os exemplares colecionados desde os 15 anos, contanto que fossem deixados na ordem em que se encontravam antes de terem sido retirados. A estante na sala cumpria também uma função decorativa, tendo em cima adornos que, embora nada tivessem a ver com o material bibliográfico, comunicavam-se com o restante dos móveis, adequados a uma simplicidade mediana que se espalhava por toda a casa. Para visitas menos atraídas por livros, a estante mantinha a uniformidade regular do conjunto, situando-se entre cadeiras e um enorme rádio que antecedeu a proeminência da televisão, reunindo familiares para ouvir noticiários e novelas.

Assídua no trabalho e permanecendo solteira, Ângela cultivava prendas o suficiente para cuidar da própria sobrevivência. Terminou o curso normal, depois do ginásio, adquirindo traquejo na redação e capacidade de exercer, de modo competente, a função de coordenadora de seção da empresa de eletricidade. Contribuía com o sustento dos pais e das irmãs, que não tiveram o requisito da autonomia, usufruindo o prestígio de quem financia o trabalho doméstico. Ângela se mantinha um passo à frente do seu tempo, reservando o bom humor para a cena pública, em que se distinguia pela inteligência e sensualidade. Não se dava a conversas que considerava inúteis, escolhendo por onde deveria mostrar suas qualidades.

Os de casa a apelidaram de panela de pressão. Ela se adequou ao molde, firmando o respeito e o distanciamento necessários para tocar a vida naquele lar de irmãs e pais com olhos de apreensão cuidadosa e vontade de saber mais de sua vida. As confidências mais íntimas eram mantidas em um diário, escrito com letra desenhada de caligrafia ímpar, no qual despejava os encantos e infortúnios da vida. Ali transformou lágrimas e arrebatamentos em palavras chaveadas em uma cômoda posta ao lado da cama.

— O almoço está na mesa — dizia Zélia quando percebia a irmã demorando-se no quarto a escrever nos períodos de folga do trabalho.

— Já vou indo, não precisa esperar por mim.

Nas refeições, mantinha o silêncio tolerado pelos demais. Só quando bebia cerveja aos sábados, na presença de visitas, soltava o sorriso e entabulava uma conversa amena. Tinha muito a comentar sobre acontecimentos do trabalho e sempre se referia às tarefas das quais lhe incumbia o chefe, ciente de sua habilidade na escrita e na resolução de medidas de contenção de gastos da empresa. Era a agente dos cortes de gastos na despesa, também responsável pela regulação dos horários de entrada e saída dos funcionários. Alguns, sobretudo mulheres, desconfiavam das mesuras que lhe fazia o chefe e do seu sorriso de orgulho quando elogiada no cumprimento de suas funções no trabalho.

Chegando em casa, no fim da tarde após o banho, já podiam ser vistos os preparativos para a saída diária. Com os cabelos repartidos de lado e um topete em forma de onda, Ângela costumava cumprimentar os vizinhos com um meneio de cabeça e um sorriso medido pela qualidade do afeto atribuído ao encontro, crescendo o humor à chegada da esquina.

Foi lá que encontrou Eduardo e com ele decidiu correr os riscos de ser ousada, animada pelo modo como ele a olhava e dizia:

— Prometer, não prometo, mas juro que você é a mulher que mais me impressionou nesta vida.

E ela entendia, assentindo com os lábios finos, pintados de laranja. Ficavam um tempo no carro nos primeiros momentos e depois seguiam para uma rua mais escura, onde podiam se proteger do olhar alheio.

Um dia, quando a lua teimava em se esconder sob as nuvens, Eduardo cumpriu o aviso prévio de não prometer um futuro.

— Tenho algo a lhe dizer e espero que entenda.

— Estou aqui para ouvir você.

Eduardo avisou que sua esposa estava grávida e que não poderiam continuar se encontrando. Ângela engoliu em seco a decisão, que parecia não estar aberta a senões. Juntou todo o orgulho que havia dentro de si, retendo lágrimas e acusações sobre planos já realizados que não iriam se cumprir. A viagem para Salvador, a visita ao Pelourinho, as moquecas e toda a fantasia de anonimato à luz do dia diluindo-se como se fosse um copo de água derramada em um só gesto.

Ângela manteve-se discreta; uma indisposição com um colega de trabalho em posição superior punha em risco sua credibilidade conquistada nos anos de emprego. Se os desfechos de amores proibidos são silenciosos, esse não foi diferente. Uma frase selou o mal-estar:

— Nunca vou me esquecer de você — disse Eduardo.

Em casa, perceberam a mudez de Ângela maior que o habitual e sua escrita diária intensificada, com tempo crescente de estada no quarto. No entanto, não ousaram perguntar. Ficaram até aliviados quando, uma semana depois da reclusão, ela voltou ao costume de saída nos fins de tarde.

Ângela não abandonou a esquina. Ernesto enxugou as lágrimas derramadas por Eduardo e discorreu sobre a maldade dos homens com a nova companheira. Ele também era casado, mas não podia deixar a mulher doente dos nervos. Era um cavalheiro que sacrificava a vida amorosa por causa de um dever maior.

Foi naquela esquina que Ângela readquiriu as forças, depois que tudo parecia sem sentido. E, por causa da lua cheia, em razão da maldade humana, das mulheres silenciadas em seus desejos e dos dissabores desse mundo, Ângela prometeu a si mesma se deixar levar pelo que a vida tinha a lhe oferecer.

E Ernesto não foi o último.

Bárbara

NÃO FOSSE O VENDEDOR INSISTENTE QUE OFERECIA bilhetes aéreos a serem pagos em longas prestações, Bárbara ficaria só na promessa de que um dia a vida aproximaria sentimentos que já não mais cabiam nas longas cartas trocadas com Aguinaldo. Teria provavelmente afogado o desejo em lágrimas, diante da impossibilidade de reencontrar aquele rapaz de sotaque diferente e jeito especial de fazer a corte:

— Bárbara, você tem o olhar sereno do entardecer.

Ela, então, iria ao Rio de Janeiro pelas asas da Panair e pagaria as passagens, facilitadas em dez prestações, com seu salário de escriturária do INPS. Agora, a carta que faria a Aguinaldo seria para dar a notícia da esperada viagem e combinar sua estada de vinte e cinco dias, correspondentes às férias antecipadas a que tinha direito.

No tempo em que não havia celular e as cartas guardavam a magia da surpresa, desde a chegada do carteiro até o fim da leitura, Bárbara imaginava a alegria de Aguinaldo ao saber da viagem, os passeios programados para ela, que só conhecia o Rio pelos postais. Desde esse momento, esmerou-se nas leituras sobre a Cidade Maravilhosa, consultando mapas e ouvindo a recente bossa nova, especialmente "O barquinho", de Roberto Menescal e Ronaldo Bôscoli. A viagem pela imaginação começou antes mesmo do deslocamento, com todos os temperos da disposição pela aventura.

Primeiro houve a compra das roupas, da mala, sem esquecer os preparativos do corpo: cabelos, unhas, sobrancelhas e tudo o que uma mulher precisa para sentir-se à altura de seus sonhos, em busca do sonho do outro. O perfume seria *Cabochard,* o mesmo que usou quando conheceu Aguinaldo. A frasqueira, essa não seria esquecida em seu duplo papel de utilidade e elegância. Um lenço de bolinha amarrado na alça era a imagem típica com a qual planejou chegar, fingindo desenvoltura na experiência do primeiro voo aéreo.

— Vai levar essa blusa? — perguntava Grace, a sobrinha de 10 anos, tentando organizar as roupas de viagem expostas na cama para facilitar a escolha.

— Não, essa é muito cavada, e o frio parece que tá começando por lá.

O representante de vendas das passagens informou que naquele período o Rio começava a esfriar e era preciso, além de roupas leves, vestir casacos e calças compridas. Também lenços, que poderiam ser usados como complemento de elegância e proteção contra ventos que costumavam soprar, desde o fim da tarde.

A mistura entre o colorido e o neutro era fundamental para dar o sentido de unidade e compor a descontração carioca, registrada nos jornais e noticiários de moda, argumentou a vendedora da boutique. Sapatos não muito altos, porque lá se caminhava muito e as calçadas nem sempre eram regulares.

A mãe ajudou-a nos preparativos, aconselhando que levasse remédios para gripe, incluindo a pomada para congestão nasal, que ela detestava, por causa do cheiro forte que se entranhava na pele, mesmo depois do banho matinal. E se Aguinaldo sentisse aquele odor e não gostasse?

Bárbara acomodou o remédio na mala mesmo sabendo que não iria usar; viu na oferta a ternura das mães que acompanham os filhos nas viagens através dos objetos. Dona Maria Mercês ofereceu também uma lata de doce, ao que ela recusou, alegando a proibição, pela companhia aérea, de transporte de comida.

Conhecida no trabalho pela elegância diária, Bárbara usava meias finas com costura alinhada ao dorso da perna, prontas para serem consertadas com uma gota de esmalte incolor ao menor sinal de um fio puxado. Todos os dias era possível vê-las estendidas a secar, lavadas com sabão especial à espera de serem guardadas em sacos de plástico, prontas para o uso. A gaveta perfumada assegurava às meias o aspecto conservado, com a sensação de limpeza exalada quando vestidas. Os sapatos de salto fino completavam a função das meias que torneavam pernas longas, realçando o andar decidido.

Os cabelos eram arrumados com bobes e laquê, modulando o corte em camadas, dando a impressão de sempre ajeitados para enfrentar o contato permanente com o público em busca de autorizações para exames e consultas médicas. Bárbara misturava a elegância e o sorriso em sua tarefa de atendente, requisitos que lhe permitiram a ascensão regular de cargos ao longo de sua carreira de escriturária concursada.

Aos fins de semana, costumava sair com amigas para jantar em restaurantes. Foi quando conheceu Aguinaldo. Ele, cativado por seu sorriso de dentes brancos; Bárbara, encantada por aquele sotaque carioca misturado a uma ousadia no olhar que jamais experimentara. Ela não aceitou dormir com ele no primeiro dia. Esperou que o coração se certificasse do seu desejo e protelou a intimidade como se fosse uma flor à espera do melhor dia da colheita. Antes mesmo que ele retornasse ao trabalho de bancário, no Rio de Janeiro, fizeram promessas de reencontro, sempre adiadas por dificuldades financeiras ou descompasso na licença do trabalho.

Aguinaldo foi visto de longe na porta de saída dos passageiros da Panair com um ramalhete de flores. Do aeroporto, seguiram até o hotel em Copacabana, onde ela depositou as malas, para depois iniciar a série de passeios nos arredores e prolongando-os até o Jardim Botânico.

O Rio enchia os olhos de Bárbara. A vista do mar, o desenho do calçadão, a descontração dos passantes. Gente de todas as cores, mulheres de todas as idades e o charme cosmopolita respirado em cada canto.

Foi no décimo quinto dia daquela viagem de sonhos que Aguinaldo revelou-lhe um segredo. Era casado e não podia se separar por causa do filho, de um ano. Fizeram os últimos passeios entre choros e promessas que Bárbara sabia que não seriam cumpridas. Como os dias restantes eram poucos, Bárbara resolveu desfrutar do que a cidade e Aguinaldo lhe ofereciam naquele momento. Visitaram todos os pontos turísticos, jantaram à luz de velas, esqueceram-se da angústia do tempo curto, amaram o amor da despedida.

Bárbara e Aguinaldo continuaram trocando cartas, mas nunca mais se encontraram. Ela se casou alguns anos depois com um marido mais simples, sem o sotaque e o olhar de Aguinaldo. Uma filha quando já tinha 40 anos compensou as lembranças guardadas por muito tempo.

De vez em quando, era possível ouvi-la cantando: "O barquinho vai, a tardinha cai...".

Dalila

DIZEM QUE OS PAIS AMAM OS FILHOS DE FORMA IGUAL, sem preferência. Esse era o dito e repetido na família de Luna e Bruna, irmãs gêmeas apontadas como prova concreta de uma divisão justa dos afetos, preconizada desde a Bíblia.

Dalila já havia tentado filhos por vários anos, até que o médico especialista em reprodução receitou hormônios e planejou com sua paciente e o marido os passos de uma fecundação, na época em que a fertilização *in vitro* estava longe de ser uma prática corrente.

Quando Dalila recebeu as crianças em dobro, viu-se na condição oportuna de repartir igualmente o amor, operação feita entre noites insones, fraldas lavadas e seios em prontidão. Se uma chorava, logo outra entoava o mesmo som em coro, ambas se sucedendo na busca de repor o conforto perdido com o nascimento. E assim os dias seguiam um trabalho contínuo, sendo possível adivinhar o eco de choros e dormidas que tinham o som de uma partitura sem autoria definida. Eram as crianças e suas buscas indiferenciadas de satisfazer necessidades vitais.

— Uma é a cara da outra — todos diziam.

E as meninas, que eram fisicamente parecidas, foram ficando cada vez mais, não só nos vestidos, mas também nos desejos familiares de que fossem a réplica de uma dádiva divina.

Bruna e Luna. Duas pequenas com cabelos trançados e laços de fita. Para os que não conviviam no dia a dia, era difícil perceber quem era quem. Só os mais próximos sabiam distinguir uma da outra, buscando detalhes para orientar amigos e parentes. E Deus atentou para a impressão de formosuras em carbono. Distraiu-se nos detalhes só para enfeitar a semelhança com curiosidades:

— Vejam que Bruna tem o cabelo um pouco mais escuro e um sinalzinho no braço — dizia Dalila.

E assim os mapas corporais similares ao primeiro olhar serviam de bússola na adivinhação de cada uma. Era questão de facilitar a destinação dos afetos; já os presentes eram todos iguais, e não causariam problemas se trocados entre as receptoras.

A identificação de Luna e Bruna era difícil para estranhos e, por outros motivos, foi se tornando um problema para Bruna. A menina passou a fazer comparações indesejadas entre supostos afetos desiguais. Por que a mãe costuma sorrir com as histórias contadas pela Luna? Por que Luna trocava letras e, em lugar da correção do pai, recebia risos?

As caretas de Luna chamavam a atenção, e ela logo ganhou o apelido de macaquinha, esmerando-se em dom teatral cultuado entre a família, amigos e parentes.

Quando começaram a frequentar a escola, outras diferenças insinuaram-se. Luna abraçava a professora e lhe ofertava corações desenhados em bilhetes, não sem antes exibir a caretinha que foi ficando sua marca, desregulando o culto da semelhança.

Quando Bruna começou a manifestar insônias e choros sem aparente motivo, Dalila consultou a psicanalista com especialidade em problemas infantis.

— Não sei o que se passa com Bruna. Tudo que faço com uma, repito com a outra, porque o amor é o mesmo. Compro os mesmos vestidos, faço os mesmos penteados, dou as mesmas comidas e vou com as duas para os mesmos passeios. Nossa família tem buscado ao máximo não fazer diferença no tratamento, pois entendemos que elas são crias da mesma dádiva. Até os nomes têm o mesmo som, a escolha foi feita pela ordem do nascimento, a conselho médico. A que nasceu antes chamou Bruna, seguida de Luna, pela ordem alfabética.

A analista atentou para o relato com o registro repetido da palavra "mesmos". Foi quando argumentou o cultivo do que designou por "boa diferença".

— Dalila, nós não precisamos gostar das pessoas da mesma forma. Talvez Bruna esteja precisando marcar seu lugar e se sinta confusa sobre como fazer isso. É preciso que você passe agora a incentivar o jeito de ser de cada uma, fazendo as meninas compreenderem a importância de serem especiais no plural e no singular.

— Mas não sei como fazer isso, nossa lógica sempre foi a da igualdade — ponderou Dalila.

— Sugiro que você comece a dar presentes distintos e que elas possam, de vez em quando, trocá-los, brincando juntas ou separadas.

Foi no aniversário de ambas que Dalila comprou duas bonecas. Uma morena de tranças e outra loura de cabelos anelados. Sem saber como escolher, fez dois pacotes e pediu que as meninas tomassem para si os presentes, igualmente valorosos, mas diferentes.

Diante da hesitação de Bruna, Luna escolheu ao acaso o pacote com a boneca morena. A irmã, por exclusão, ficou com a loura, chamada Marylin. As irmãs pareciam satisfeitas, até que Bruna percebeu uma beleza especial na boneca morena, chamada Marina, que parecia ter olhos vivos, ainda mais lindos sob o olhar carinhoso da irmã.

Uma disputa silenciosa passou a fazer parte das brincadeiras. Bruna admirava a boneca da irmã e era possível vê-la segurando-a com afeição quando a irmã não estava por perto.

Enquanto Luna dormia, Bruna punha a boneca ao seu lado, coberta com lençol para que a irmã não visse a cena. Logo cedinho a repunha em seu local.

Uma noite, Luna percebeu o súbito rapto de sua Marina e fingiu nada saber. Ainda ensaiou dizer para a mãe o acontecido, mas pensou que ela mesma deveria tomar uma atitude. Foi quando maquinou a hipótese de um esconderijo para a boneca. Isso não era não muito fácil, numa casa em que os lugares eram bem organizados em suas funções de guardar objetos.

O paiol, pensou. *Lá ninguém costuma andar e tampouco imaginar uma boneca escondida entre palhas.* Marina, lá guardada por três dias, não foi achada por ninguém, mas procurada por Bruna em todos os lugares da casa. Quando Bruna resolveu seguir a irmã, percebeu o amor maternal manifesto entre as palhas. Como se olhasse uma manjedoura, Luna abraçava a boneca e a observava de longe em repetidos vaivéns. Tinha lágrimas nos olhos e cantava baixinho como se ninasse o amor em risco.

E o espetáculo da noite prosseguiu seu enredo. Quando todos já dormiam, Bruna, com ajuda de uma lamparina para guiar o caminho, chegou até o paiol escuro. Era difícil saber o exato lugar em que se encontrava a boneca. O descuido da mão e a força do vento produziram a chama que se espalhou sem trégua.

A boneca não escapou do acidente, e Bruna aguçou ainda mais o sentimento de preterida na surra que levou do pai. As irmãs choraram por dias, e Marilyn foi abandonada pelo desinteresse.

No escondido da noite, Dalila chorou pela educação que não soube dar às meninas, pelas noites insones no tempo em que eram bebês, pela acusação do marido de que a culpa era da psicóloga, que impediu a compra de bonecas iguais, pelas injustiças do mundo e por todas as mulheres com seus desejos, mágoas e proibições.

Finalmente, aquietou-se e pensou no poder do fogo. A chama que a fez atentar para a força da total diferença e a singularidade de cada amor.

Délia

PODERIA COMEÇAR PELA PAISAGEM IMENSA DE coqueiros fincados à terra, tal qual uma história presa às origens nesse areal de tempo sem fim que margeia a pequena cidade litorânea do interior cearense, como se fosse uma cortina a céu aberto. Mas prefiro começar por Délia, a "sabe tudo", sabia até mesmo do que não deveria, como os amores proibidos do padre ou as brigas de família comentadas à boca miúda, sobretudo por mulheres.

Às tardes, quando o clima ficava mais ameno, Délia costumava postar-se em cadeira na calçada. Era quando via passar os fiéis da missa das cinco, deslocando-se até o pátio da igreja. O ritual repetia-se como um rosário tecido em seus dedos. Com olhos costumeiros em observar todos os passantes, sabia as histórias de cada um.

Em Coqueirais, nada de novo parecia acontecer. Cidade pacata, diziam os moradores, porque tudo o que se passava de ruim estava na capital. A violência, as separações familiares, as traições... Ali, não; tudo era manso, e até a falta de animação, queixa dos mais moços, era atração dos mais velhos:

— Aqui é sossegado para se morar.

Talvez por isso Délia tenha se conformado em desfrutar a companhia de vizinhos e parentes, integrando-se ao ritmo da rotina da pequena vila de seis mil habitantes, muitos dos quais viu nascer.

Casar não casou, mas feia é que não era. As primeiras rugas não escondiam a moça de feições delicadas, bonita à primeira vista, se não fosse o jogo de esconde-esconde que trazia no aro negro dos óculos, ou na boca fechada sobre belos dentes. Délia era como uma fruta não colhida, em amadurecimento tão lento que afastava a eventual curiosidade masculina. Mas não de todo. O vereador Jaime Pontes, antes de se tornar prefeito, e enquanto visitava eventuais eleitores, reparou nos olhos aveludados de Délia, uma busca inquieta.

Às tardes, acostumou-se a rondar o local onde tinha seu reduto de eleitores católicos, disfarçando outras razões para encontrar Délia, sempre em prontidão para o festejo do acaso planejado.

Délia sabia que o vereador era noivo da filha do governador. Aquietou seu desejo na certeza de que não podia desfazer rotas naquele lugar em que as chances profissionais necessariamente se enredam nas redes e relações. Nada de acasos nos arranjos onde a política seguia um rumo previsto, combinando muito bem com casamentos e pactos familiares. Assim, acompanhou os acontecimentos como se lesse uma história já conhecida. Certo cultivo de sofrimento misturado com amor a fez recortar e guardar as notícias do casamento de Jaime estampadas no periódico da capital.

Até que um dia o encontrou mais de perto, numa festa beneficente.

— Você continua bonita — falou Jaime.

— Obrigada — respondeu Délia, baixando os olhos sem disfarçar o prazer do elogio.

Enquanto todos se distraíam na busca de prendas organizadas pela Prefeitura, sentiu o hálito quente de Jaime em sua nuca, destacada no decote redondo. Mais ainda, sentiu o braço e as mãos ousadas em seu corpo, reagindo entre tímido e acolhedor, hesitante na suposta obrigação de dizer que aquilo não era direito.

— Acho que não é certo, você agora é um homem casado.

— Mas estou sendo fiel ao meu desejo. Casei com outra, porém você nunca saiu da minha cabeça.

Depois daquele dia, os encontros se repetiram. Os carinhos mais demorados e seguros no percurso ainda desconhecido por Délia. Próximo à igreja, em momentos sem circulação de gente, uma velha garagem abandonada e cercada por arbustos acolhia aquela mistura de desejo e coragem de enfrentar os riscos. Até o momento em que Délia decidiu procurar o padre, movida pelo peso da culpa e a vontade de partilhar com alguém aquele caldo de amor e tormento.

O café servido pontualmente às quinze horas antecedia o momento em que o pároco se preparava para praticar seu dom de escuta. Confissões sussurradas, as mais difíceis de falar e entender, antecediam a água benta e o sinal da cruz. O segredo era revelado àquele que tudo ouve e apazigua o dito com o gesto do perdão. O padre era o intermediário desses fios de vozes que se instalavam todos os dias no confessionário.

Naquela cidade pequena, onde muito se sabia e muito se calava, padre Paulino era o escoadouro de lamentações e dizeres cochichados. Ali no confessionário, dentro do silêncio daquela nave de pedra, ele era todo ouvidos. Aprendera a guardar emoções, conter impressões, ou mesmo reprimir seu desejo provocado por obscenidades de moças que exercitavam os primeiros encontros amorosos à beira da praia.

A escuta aprimorou-se ao longo de sua vida. Costumava adivinhar as horas pelo barulho dos acontecimentos; o canto dos pássaros era o seu relógio da manhã, sobretudo quando a visão começou a falhar. O galo, esse não falhava: 5h30. O relógio da sala e o sino da missa complementavam a escuta do tempo. Afora isso, adivinhava os visitantes do seminário pela pisada dos sapatos.

Compreendeu a sonoridade das palavras desde criança, quando a mãe contava e cantava histórias longas de fatos acontecidos ou imaginados:

— Shiiii, plaft, pumb.

E ele ia gravando as estórias como se as talhasse em madeira. A tabuada aprendeu em forma de cantiga e, nas aflições, era a música que lhe acalmava. Gostava de escutar o barulho da chuva. Costumava dizer que a vida era uma imensa melodia e imaginava a variedade de instrumentos orquestrando o acontecer diário do mundo. O sopro da criação tinha sido uma primeira música.

No confessionário, aprimorou suas qualidades auditivas. Escutava o silêncio das palavras entrecortadas por suspiros. Os choros ainda contidos antes de virarem prantos. Sim, ele era o que perdoava, mas também o que escutava no oráculo.

Naquele dia, Délia chegou ao confessionário aflita. Antes da primeira palavra, respirou fundo e demorou a firmar os joelhos. Partilhou com o padre a narrativa de cada encontro com Jaime, como se fossem capítulos de uma novela sem fim certo. Contou em detalhes as intimidades com Jaime, suas dúvidas e a incapacidade de dizer não. Falou do mar de satisfação que lhe invadia antes que a culpa se instalasse em movimento crescente, até o momento em que recebia nova proposta de encontro no bilhete escondido entre as frutas trazidas pelo entregador do mercado.

Depois de tudo, disse:

— Padre, eu pequei, mas foi por amor. Deus há de entender.

A voz de Délia acalmando-se no derrame das palavras... Seus pecados de adultério foram se suavizando no dizer compassado, pouco a pouco pronunciado mais nitidamente, em cadência. O intervalo entre as palavras perdeu o tom grave, encontrando o aconchego da espera. Um violino parecia conduzir a partitura da escuta.

Dessa vez, o padre não indicou as rezas habituais como penitência. Deixou que o silêncio invadisse as pedras mornas da tarde vagarosa.

Ambos escutaram a música do perdão.

Denise

ENTRE LIVROS ESPALHADOS PELA CASA, ORGANIZADOS
em prateleiras ou dispersos por todo o ambiente, Denise
navegava em seu cotidiano, tentando juntar a desordem
com a vontade – sempre adiada – de organizar.

Enfileirados, declinados ou escondidos entre tantos outros, os livros compunham um universo, o seu universo. Havia até buscado uma lógica bibliotecária de acomodá-los por assuntos. A intenção de classificação perdia-se no entrelaçar de exemplares que se encontravam pela força da necessidade: aulas a dar, textos a escrever...

Arrumar? Quando alguém propunha reorganizar os livros por tamanho, cor ou simplesmente para organizar as prateleiras, acabava criando uma confusão. A desordem tinha sua própria lógica, e Denise geralmente sabia onde encontrar o que procurava.

Deitados ou em pé, os livros pareciam ter vida própria, sendo surpreendidos na memória dos eventos que os conduziram a estar onde estavam. Ora juntos para uma prosa sobre a cidade, ora conversando sobre movimentos sociais ou fabulando sobre situações políticas. Quando não encontrados de imediato nas prateleiras, a lembrança vinha em socorro do insucesso da procura. Denise tinha uma memória de livreiro. *Ah, devem estar na pasta daquele evento ou foram consultados para a elaboração de um texto*, pensava. E os livros pareciam comprovar que a dança é sempre melhor que a partitura.

Os autores clássicos adquiriam alguma imobilidade no local das prateleiras. Como cães de guarda, eram patrimônio de ideias, quase dicionários. Mais distanciados e solenes, aparentavam um sentido de fixidez e disputavam lugares com os exemplares de história, arte e epistemologia.

Os de literatura eram mais rebeldes. Invadiam a intimidade dos travesseiros e cabeceiras. Escondiam-se entre outros e eram "achados" em locais inusitados. Isso porque a literatura se insinuava nas brechas do tempo, frequentando a sala e a varanda como se fosse uma alegria dos intervalos. Eram peças de um lazer conquistado, por vezes interrompido nas urgências acadêmicas.

E os de psicanálise? Esses chegaram sorrateiros e conquistaram um armário na cozinha, depois que o síndico proibiu estantes no hall de entrada dos apartamentos. Quem sabe, na falta de lugar encontrariam uma lógica que unia a alimentação do corpo com a da mente?

A divisão processada no cotidiano criava incompreensão entre faxineiras, que às vezes até os arrumavam com o dorso para trás. Ensaiavam alguma uniformidade e não entendiam o desalinho de posições.

— Não sei para que a senhora quer tantos livros!

— Mas esse é o meu trabalho, ou melhor, minha vida — dizia Denise, sem qualquer esperança de ser compreendida.

— Se a senhora vendesse, podia até ficar rica.

Nos últimos tempos, os livros de literatura passaram a ocupar um lugar mais nobre. Viraram tema de estudo desde quando Denise resolveu frequentar um curso de pós-graduação em escrita criativa. Foi assim que Italo Calvino, Clarice Lispector, Rubem Fonseca, Adélia Prado, Rosa Montero e muitos outros foram se chegando em sobressaltos, porque agora podiam. Não eram só companheiros de horas vagas. Juntavam-se a outros soldados fiéis, na alegre promiscuidade de leituras, misturando mais abertamente prazer e trabalho. Compunham até uma pequena pilha em franca expansão protegida pelo livro *A cabeça do santo*, de Socorro Acioli.

A disposição dessa paisagem livresca, unindo desejo e obrigação, compunha um tempo de vida a que muitos chamam formação. Os livros pareciam personagens da casa que fugiam das edições para passear. Alguns lidos e relidos, outros esperando o seu dia – nem se sabe quando! Havia também lembranças ofertadas que não podiam ser descartadas. E os exemplares que adquiriram ares de fetiche porque chegaram oportunamente, em momentos especiais de vida? Eram vigilantes do tempo: conveniência e enlace sob a aparente desordem.

Fora de casa, porém, os livros tinham seus mistérios e caminhos inusitados.

Certo dia, cansada de esperar o elevador social, Denise adentrou o de serviço. Assustou-se ao se deparar com o zelador, que, escorado sobre o camburão de lixo, lia um livro durante seu trajeto de recolha. Sorriu pedindo desculpas, surpreendido na sua inesperada pausa roubada do trabalho.

Foi quando Francisco comentou que gostava de aproveitar o momento de mobilidade entre os andares para fazer o que gostava muito, mas não tinha tempo. Franzino e quase escondido por detrás de seu instrumento de trabalho, costumava catar leituras descartadas entre os objetos considerados imprestáveis pelos proprietários.

— Prefiro ler religião e história — comentou. — Já vi também fotos de alguns países. Eu aproveito para pegar esses que ninguém quer mais, os que as pessoas jogam fora.

— E depois que você os lê, o que faz com eles? — Perguntou Denise.

— Eu guardo tudo em caixas para ler de noite antes de dormir.

Francisco, o primeiro de seis filhos, gostava de ler, mas não concluiu o segundo grau. Quando perdeu o pai, teve de trabalhar para o sustento da família, inscrevendo-se em escola profissional para ajudantes e zeladores de prédio. Tinha desejo de alcançar melhor posto em seu trabalho, e era quando substituía o porteiro em dias de folga que se sentia dotado de reconhecimento, subindo na escala do prestígio entre moradores tão diferentes de seus vizinhos da periferia.

Na condição de porteiro, era possível vê-lo de longe em porte ereto, a cabeça baixa no avançar das horas e uma imobilidade que sugeria permanência. Vestia azul-marinho e parecia sombra no escuro, o relógio brilhando.

Enquanto vigilante da noite, tinha orgulho da função. Cumprimentava visitantes com austeridade e exercia o poder na concessão dos acessos.

— O senhor diga, por favor, o seu nome e para onde vai.

Dia seguinte era Chico, com chinelos, de volta à casa. Dormiria para compensar a tarefa noturna e acomodaria as tensões na rede que parecia estar sempre à espera. Antes, um caldo preparado por Miriam. De carne e engrossado com farinha, para "recuperar as forças". Depois, talvez sonhasse com uma inversão de hábitos, viver como os proprietários do prédio. Ou talvez se contentasse em ser promotor do silêncio, guardião de sonhos e fantasias.

Francisco separava os livros apanhados na lixeira por um critério de gosto. A caixa principal abrigava os que eram considerados mais importantes. Esses nunca seriam devolvidos ao local onde foram encontrados. Também tinha pena de jogar fora os que "não serviam mais". *Quem sabe alguém pode se interessar*, pensava, já instituindo uma ordem afetiva entre seus clássicos e outros considerados menos atraentes. O modo como adquiria os livros parecia natural. Ele se regalava com livros velhos, livros didáticos abandonados riscados e tornados inúteis por alunos em mudança de ano letivo.

O encontro casual com Francisco fez Denise pensar sobre o sentido da leitura, os critérios diferentes de escolha, o amor pelo mundo desconhecido que parece prevalecer em qualquer circunstância.

Quando Denise voltou para casa, os livros já não eram os mesmos. Pareciam excessivos e marcados por um lugar abstrato de privilégio. *Quem pode ter livros?*, pensou. *O mundo poderia ser dividido entre quem tem ou não acesso aos livros?*

Denise teve vontade de convidar Francisco para ler em sua casa. Diria a ele que os livros são patrimônio de todos, e não objetos de consumo que podem ser jogados fora. *São como vidas à espera de adoção*, concluiu em pensamento.

Continuou em sua viagem reflexiva, percebendo que os livros lidos por Francisco não vinham como os de sua casa, onde desfrutavam de lugares nobres como se fossem animais de estimação. Assim, contemplou seu tesouro e sentiu escorrerem lágrimas por um mundo que ela dominava com abastança, tão escasso para outros.

Depois da culpa, veio-lhe a ideia dos livros em sua mobilidade imprevisível. Uma vez escritos, eram pássaros de muitos pousos.

Seu Francisco, mesmo sem saber, reforçou em Denise o pensamento segundo o qual os livros são como um movimento de vida à espera de um leitor inesperado.

Ethel

— EM SEGUIDA AO BEIJO, O SAPO VIROU PRÍNCIPE. A menina, no começo assustada, foi ficando enamorada...
— E depois, tia Ethel?
— Sim, vou lhe contar, mas ainda falta uma colherada.

Ethel alimentou três gerações com o conto da princesa e do sapo. Histórias e colheradas alternavam-se sob olhares curiosos das sobrinhas-netas, que, mesmo já sabendo o fim da narrativa, tantas vezes repetida, ficavam atentas aos detalhes. Pareciam sentir a emoção da primeira vez, sem abrir mão do que já era conhecido. A história não podia ser alterada, sob pena da correção:

— Tá errado, não é assim, o sapo era marrom, cheio de manchas... Era muito feio, e a princesa tremeu de medo.

Se a saga da princesa era por demais conhecida, a história pessoal de Ethel era feita de silêncio. Pouco se sabia o que havia por trás de suas vestes discretas, cobertura da magreza que se instalou como imagem permanente depois de uma forte crise asmática. Mesmo assim, era possível observar vestígios de formosura nos olhos verdes, sob os óculos de aro redondo e lentes grossas, usados desde os 12 anos.

Ethel cultuava rituais de beleza. Assim testemunhavam os produtos espalhados na penteadeira do seu pequeno quarto, ao lado da cozinha. Todos os dias, uma gotinha do óleo chamado *Suave* garantia a sedosidade dos cabelos, de corte reto pouco abaixo das orelhas. Uma pequena trunfa sustentada com ajuda de um grampo completava o penteado, arrumado dessa forma até a hora de dormir. O sabonete da marca *Vale Quanto Pesa* e a colônia *Alfazema* completavam os cuidados do banho. Não esquecia também o pó *Cashmere Bouquet*.

— Isso é para proteger do calor, evitando brotoejas — dizia quando se sentia olhada por sobrinhos em sua arrumação cotidiana.

Nas gavetas de uma pequena cômoda, guardava caixinhas com lembranças. Eram fotografias, santinhos, botões e um objeto curioso, o chocalho de uma cascavel enrolado em papel de seda.

No cotidiano, cultivava habilidades culinárias. Doce de pão, cuscuz e picadinho de carne participavam de seu cardápio mais conhecido. O aroma do cozido se espalhava desde as onze horas na casa do tio casado, que a acolheu após a sua orfandade. Carmelita, a irmã casada de Ethel, recusou-se a oferecer abrigo, uma boca a mais em tempos difíceis sendo um peso extra.

— Uma irmã solteira na casa de uma casada só serve para fazer confusão — justificou Carmelita.

A receita do picadinho, marca dos afazeres domésticos de Ethel, era simples. O acréscimo de alho e cebola, refogados com jerimum, conferia um toque especial — um segredo reservado às cozinheiras, como se comentava nos anos 1970. Esse toque transformava cada uma delas em possuidora de um talento único, um dom que se misturava aos afetos e elogios recebidos – a graça compensadora do trabalho cotidiano, orgulho de uma nota destacada em uma música diária, já nem percebida na constância do tempo.

— Vocês chegaram na hora — costumava dizer Ethel, quando alguém adentrava a casa no momento do almoço e podia provar da especialidade que ela fazia questão de divulgar.

A repetição da comida pelo visitante era um gesto que completava o circuito de um labor capaz de acionar alegrias partilhadas e promessa de retorno.

Havia também outras recompensas. Quando Ethel virou professora do curso de alfabetização de adultos, sentiu-se contribuindo para diminuir as desigualdades na educação. Esse era o momento em que saía da cozinha. Vestido passado, sapatos baixos, sem esquecer a sacola e o guarda-chuva, ela percorria, ao fim do dia, os poucos quarteirões que separavam a casa da escola. Ali, transportava-se para outro mundo, onde desfrutava de um desconhecido prestígio. No MOBRAL[1], as hierarquias eram bem definidas, sendo inquestionável o lugar do professor ou professora. Ethel situava-se apenas abaixo da diretora, que controlava os horários de chegada e saída. E ela não relaxava na pontualidade.

— O jantar está pronto no fogão. Vou correndo para não chegar atrasada — costumava dizer Ethel, quando sentia alguma ameaça de atraso.

---

1 O MOBRAL, que significa Movimento Brasileiro de Alfabetização, foi um programa criado pelo governo brasileiro na década de 1960 com o objetivo de combater o analfabetismo no país. Lançado em 1967, o MOBRAL buscava promover a educação de adultos e jovens, oferecendo cursos de alfabetização e educação básica.

As visitas inesperadas, ou os sobrinhos-netos que custavam a comer, mais ansiosos com a história do sapo do que com o alimento, eram riscos à sua pontualidade. O ensino na escola era o momento em que se sentia colhendo o reconhecimento vindo de um mundo o qual só levemente tocava.

Do passado amoroso de Ethel, ninguém sabia. Na condição de tia solteirona, silenciava os desejos de mulher, sendo as novelas o momento em que deixava vir à tona o lado guardado dos afetos que ela parecia não ter desfrutado.

Quando a sobrinha Leane encontrou na gaveta o chocalho da cobra, pediu de forma insistente:

— Tia Ethel, por que você guardou esse brinco da cobra?

— Não é brinco; vou lhe contar uma estória milagrosa da cascavel.

— Desde criança eu tinha asma, e ela foi piorando, piorando, à medida que fui ficando mocinha. Meus pais já não sabiam o que fazer, pois os remédios não adiantavam muito. Várias vezes fui levada ao hospital para inalar oxigênio. Eu vivia muito cansada. Um morador da fazenda disse que sabia de um remédio que era muito perigoso, mas garantia que ele acabaria para sempre com a minha doença. Só era preciso ter fé e acreditar no dom da cura. Meus pais ficaram com medo quando o morador falou que era preciso matar uma cascavel e comer durante um mês alimentos cozidos com o óleo da cobra.

— Tia Ethel, estou achando esta história melhor do que aquela do príncipe e do sapo. Por que você não se casou com o morador?

— Porque a vida da gente não é como a das princesas, querida.

Ethel, aos 10 anos, sob os cuidados da família, já sem esperança de saúde, foi alimentada com o óleo da cobra durante um mês. Sem que ela soubesse, misturaram a banha do réptil com o alimento, pois só assim o remédio seria eficaz, tinha alertado seu José, o morador.

A família tentou guardar segredo sobre a razão da cura, mas seu José tratou de espalhar na região sua função de agenciador do milagre. Afinal de contas, tivera o trabalho de matar a cobra, e a pouca remuneração ganha pelo feito só poderia ser compensada pela fama de curador que passou a cultivar a partir daquele momento.

Sem gostar muito da história porque ganhou o apelido de mulher da cobra, Ethel guardou o chocalho. Era o seu talismã, acomodado entre cartas e bilhetes. Em momentos de tristeza, Ethel costumava segurar por alguns instantes o objeto e rezar uma Ave-Maria.

Foi na véspera de sua partida deste mundo que Ethel contou sua história para uma acompanhante hospitalar. Quando todos dormiam, suas palavras inicialmente frágeis foram adquirindo ritmo no silêncio ampliado da noite.

Conheceu um rapaz na cidade de Milagres, interior do Ceará. Ele era atendente em uma loja de produtos agrícolas e costumava passar em frente à sua casa, deitando olhares e demorando no trajeto. Já sabendo do horário do encontro, Ethel se arrumava e se postava à janela da casa.

Um dia ousou ir até à loja, sob pretexto de comprar adubo para plantas. Foi quando ouviu da boca do atendente a declaração de que gostaria de encontrá-la pessoalmente outras vezes.

Quando Ethel contou para a mãe, pedindo licença para receber a visita de Fabiano, recebeu uma resposta não muito animadora. Ele era um rapaz sem nome conhecido de família e, além do mais, viajava muito.

Fabiano visitou-a durante um mês e falou de suas intenções de casamento. Como as opções amorosas eram restritas para uma moça sem muitos dotes econômicos e estéticos, a promessa de futuro foi ganhando novas cores: ele estudava e, quem sabe, um dia poderia virar doutor.

O casamento foi marcado, e Ethel esmerou-se no enxoval simples, mais feito de sonho do que de bens materiais. O vestido branco de renda, acompanhado de pequeno véu, era a peça mais importante do conjunto, porque o resto, pensava, podia ser adquirido com o tempo.

E o tempo nem chegou. Depois de uma hora de espera na igreja pelo noivo, Ethel recebeu um bilhete de Fabiano dizendo ter necessidade urgente de viajar por causa dos negócios da loja. Também disse que estava em dúvida com relação ao casamento, não se sentia ainda preparado para a responsabilidade de construir uma família.

A leitura do bilhete fez voltar a respiração ofegante, instalando-se outra vez a asma tida como curada. Foi preciso matar outra cascavel para reiniciar o processo bem-sucedido na infância. Seu José, novamente convocado para a tarefa, já se tornara conhecido em várias cidades pela fama de curandeiro.

Não se sabe se foi a passagem do tempo de decepção ou o ritual repetido do alimento da cobra que permitiu a Ethel acalmar a respiração, só ofegante em suspiros nas horas em que vinham as lembranças.

O chocalho, porém, não tinha o dom da cura para outros males mais agressivos que a asma. Quando o médico anunciou aos parentes a gravidade do estado de Ethel, que duraria não mais que seis meses, ninguém pensou em convocar mais uma vez o curandeiro. A quimioterapia deu os primeiros alívios, mas a doença seguiu o curso previsto pelo médico.

Na madrugada, quando o hospital acolhia a quietude da noite, Ethel tirou do silêncio sua narrativa. Completou dizendo que Fabiano viria buscá-la, ela tinha certeza.

Dessa vez, não haveria retorno, iam juntos para um lugar onde jamais seriam encontrados.

Quando Ethel deu o último suspiro, seu rosto tinha a serenidade de um sonho.

Eulália

DE LONGE, ERA POSSÍVEL VÊ-LA COM UM VESTIDO branco até o meio da perna. Antes que a proximidade favorecesse o reconhecimento, Eulália, conhecida por Dadá, era percebida pela silhueta magra, caminhando em passos lentos. Fazia paradas de casa em casa.

— Bom dia, aqui estou em nome de Santa Terezinha e vim buscar a contribuição para o Carmelo.

A colaboração mensal era anotada em caneta, um santinho em retribuição. A imagem milagrosa no papel atendia pedidos aos que tinham fé.

— Quando você menos esperar, vai acontecer sua graça — Dadá costumava dizer.

Assim, milagres cresciam na espera e no tempo, os muitos pedidos guardados na certeza de que um dia...

Alguns respondiam que não podiam naquele mês e que adiar seria necessário. Dadá, com a paciência adquirida ao longo dos 43 anos de vida, dos quais 20 foram dedicados à causa religiosa, aceitava com compreensão. Ela costumava contar que, na juventude, fora uma jovem deslumbrante, até que uma doença, o tifo, alterou a cor dos seus olhos e cabelos.

— Eu era loura dos olhos verdes até os 15 anos — acrescentava.

Um namorado quase mudou a história de Dadá, não fosse a prematura morte por doença. De nome Roberto, sorria santificado em porta-retratos. Podia ser visto no santuário do quarto modesto da beata, situado em bairro familiar de classe média, próximo ao centro de Fortaleza.

— Se quiser, pode também rezar para ele, veja como é lindo — dizia aos que se acercavam da cômoda repleta de imagens religiosas.

No centro e em plano mais elevado, Santa Terezinha.

Exímia em bordados, Dadá não se destacou nos estudos. Por outro lado, a irmã Zilene, uma ávida leitora de revistas, olhava com ceticismo para as imaginações visionárias de Dadá. Consciente da desaprovação alheia, Zilene costumava repreender:

— Cala a boca, para de dizer besteiras.

Havia ainda uma fama no quarteirão que ameaçava a reputação de Dadá. Diziam que ela costumava colocar gatinhos dentro de um saco e depois jogava uma pedra em cima. Daí, o apelido: "Dadá mata gatos".

A família recriminava a ação, que era motivo de vergonha. Certa vez, Dadá justificou:

— Antes que os gatinhos perambulassem famintos, perdidos pela rua, era preferível que morressem.

Assim, fazia a justiça contra a impiedosa natureza e contra o olhar indiferente dos que nada faziam para combater o sofrimento diário dos animais. Sim, ela sempre pensava no futuro, abreviava sofrimentos.

As visitas ao santuário do quarto da beata subitamente aumentaram, desde o dia em que se deu o pressentido milagre. Uma das contribuintes mensais alcançou a graça esperada, inaugurando a fama que se espalhou de boca em boca. Dadá passou a escutar longas histórias de visitantes, depois rezava na testa e pedia paciência para os ainda não agraciados. Com o tempo, as coisas se arranjariam. Ela mesma iria interceder junto a Santa Terezinha. Outros pedidos poderiam se realizar, tão logo a fila diminuísse.

A gratidão manifesta dos crentes acomodou as reticências familiares ao comportamento bizarro de Dadá. Seus sonhos e visões divinatórios foram se conformando ao julgamento doméstico, à medida que as visitas crescentes dignificavam seu lugar de mediadora de graças. Mais séria e silenciosa, Dadá aos poucos foi incorporando a sua condição: um bálsamo para a dor alheia.

E os visitantes já nem precisavam pedir a Terezinha. Ela mesma havia recebido o dom. Aprimorou a vestimenta com tecido de linho, ornou-se com um grande crucifixo e passou a alimentar-se melhor. Já não era a magra andarilha. Tampouco os moleques de rua, escondidos atrás de postes, soltavam miados quando ela passava.

Os devotos insinuavam dar dinheiro durante as visitas, o que Dadá a princípio recusou. Preferia ganhar sabonetes de uma coleção nascente. Gostava de mostrar os presentes, e os que viam sentiam-se impelidos a contribuir. A cômoda logo ficou lotada de muitos cheiros.

Outros, mais ricos, insistiam na colaboração financeira que serviria para a formação das religiosas do Carmelo:

— Pode também tirar um pouquinho para você e sua família, porque seu trabalho é muito intenso.

Dadá aceitou a oferta e fez crescer seu prestígio familiar com sobremesas e frutas acrescidas ao cardápio. Aos domingos, um almoço com galinha, carne e peixe para todos os gostos.

As visitações, crescendo, exigiram uma agenda de horários. Para os aconselhamentos, corriam jovens apaixonadas, mulheres com casamentos desfeitos e até empresários ameaçados de falência.

Dadá anunciou a própria morte e separou para a ocasião um vestido branco de linho, bordado em ponto de cruz. Foi atendida em seu último pedido: receber consagração da ordem das Carmelitas. Dizem que continua fazendo milagres.

Gilda

OS OLHOS DE GILDA ERAM VERDES E EXPRESSIVOS.
Cresciam sobretudo quando narrava os ciúmes do marido, alternando as queixas com o orgulho de sentir-se amada, de qualquer forma.

Aprendeu na música de Vinicius de Moraes e no dito popular que "o ciúme era o perfume do amor", e assim ia levando a maré de permanentes tormentas que insistiam em cair naquele lar de apenas um ano. Pelo menos duas vezes por semana os gritos ecoavam pela casa.

— Por que você ficou olhando sem parar o vendedor de seguros? O que você está vendo? — Costumava perguntar Joca.

Antes que ela respondesse com um "não vejo nada, é impressão sua", as acusações seguiam o rumo de sempre.

E o casal ficava sem se falar até que...

— Você não está vendo como eu estou? — Dizia o marido, aproximando-se em evidente excitação.

O caminho costumeiro da transa sinalizava o prelúdio das pazes. Era sempre assim, parecia que a tragédia cotidiana era preâmbulo e tempero dos afetos, alternando-se em espiral que se repetia como um calendário amoroso.

O olhar insistente de Gilda, com seu jeito curioso de encarar desconhecidos, só acentuava os argumentos de Joca, em busca de uma discrição feminina que não conseguia encontrar na esposa.

O desassossego interior de Gilda já se via desde o seu caminhar ondulante, o corpo postado à frente, seios em bandeja, sem as reservas costumeiras do pudor que caracterizavam o comportamento da maioria das mulheres da pequena cidade, ainda provinciana na geografia curiosa dos passantes.

Para completar, era mulher de histórias passadas. Joca a conheceu em uma casa de dançarinas e jurou naquele momento que compensaria as "injustiças do mundo", casando-se com aquela que a família não soubera educar. Pela pobreza, os poucos estudos e a dificuldade de estabelecer uma linha de contenção na mira de um futuro para as gerações, Joca desprezou os preconceitos. Sustentou um discurso de crítica social e justificou sua missão redentora.

Por causa de sua beleza, Gilda desde cedo acostumou-se a provocar a cobiça dos homens. Era esse o seu dom herdado e praticado. Tinha facilidade em atiçar o desejo alheio a partir de um biotipo que mesclou o sangue negro do pai com a ascendência europeia da mãe, tirando da mistura o melhor proveito. A cor naturalmente bronzeada realçava a mata dos olhos e os cabelos negros que sacudia como se fizesse vírgulas na sua dança corporal. Quando dançava, compensava a ousadia do corpo com olhos baixos, ou então ensaiava o contrário. Olhos mirando admiradores com a cadência leve de quem sugere tímidos voos.

Joca imaginou que sua escolhida só precisava de uns tratos. Com o tempo, e casamento consolidado, ela aprenderia os requisitos de uma dama. Trocaria os excessos no corpo e na voz por uma forma amena, lapidada por ensinamentos e calmaria de seu amor dedicado. Ele desfilaria orgulhoso ao lado da mulher bonita e selaria a boca de alguma voz de maledicência que porventura ameaçasse vir à tona.

No entanto, as cenas invadiam os pensamentos de Joca quando, em momentos inesperados, o passado de Gilda parecia voltar. Já não chamava nenhum operário para fazer os reparos da casa. Evitava reuniões com amigos onde Gilda pudesse mostrar-se de modo mais exuberante. Saídas? Só nas horas em que a cidade estava calma.

Quando iam à missa, geralmente de mãos dadas para protegê-la de eventuais olhares, procurava sentar-se em local mais isolado, longe de outros a quem Gilda pudesse dirigir a atenção, mesmo parecendo distraída.

Médicos, só se fossem mulheres. Quando Gilda contou que fora examinada por um ginecologista, Joca, depois de esbravejar horrores, passou cinco dias sem dirigir a palavra à esposa, imaginando a intimidade do corpo de Gilda partilhada com um estranho e sem a sua presença fiscalizadora. Quando fizeram as pazes, Joca pediu juras de fidelidade, dizendo que ele próprio lhe dedicava um amor tão grande que achava impossível que outro pudesse ter o mesmo esmero.

— Quero que você saiba que ninguém sabe amar você como eu!

Depois, começou a vigiar os livros lidos por Gilda e as novelas televisivas, que, segundo ele, incentivavam maus pensamentos. E foi justo na leitura de um dos romances que Gilda aprendeu a disfarçar seu desejo errante com gosto de experimentar novidades. Sem a dança que garantia uma evasão de sentimentos, precisava inventar uma substituição.

Às escondidas, Gilda leu uma novela cuja personagem aprendera a simulação de seu desejo, exibindo publicamente a face discreta que se espera de uma mulher. A personagem disfarçava como uma atriz a curiosidade de conhecer o mundo e os homens que lhe habitavam a mente. Sabia separar o interior e o aparente como se construísse uma muralha contra as invasões alheias. Gilda almejou aprender essa nova dança oculta.

E assim o fez. Poliu uma distração no olhar e era vista pensando, olhos perdidos, sem a busca visível que tanto inquietava Joca. Foi quando o marido começou a perceber uma inesperada discrição em Gilda.

— Por que você anda tão alheia ao mundo? — perguntou Joca.

— Eu comecei um curso de meditação pelo rádio, e um dos exercícios principais é saber se distanciar de coisas mundanas e pensar nas divindades.

Gilda continuou exercitando seus pensamentos mundo afora. E dançava, dançava, sem tirar os véus, como se fosse personagem de um romance.

Iara

IARA TINHA LÁBIOS CARNUDOS E UM SORRISO DISCRETO no canto da boca, que acompanhava o trejeito dos olhos, alternando curiosidade e desafio às mulheres de sua classe social. Costumava gabar-se da sorte grande de ter um marido muito calmo e com nível financeiro capaz de lhe mimar com presentes e viagens. Funcionário do Banco do Brasil, ele era o bom partido disputado por moças interioranas em busca da segurança de um lar acrescido da prosperidade dos filhos.

Ela, ali com o marido, era como um troféu para ninguém botar defeito.

Se percebia alguma curiosidade ou insinuação masculina no correr dos olhos pelo seu corpo, Iara caprichava nos rebolados, fazendo de conta que nada lhe dizia respeito.

Por conta de sua fala considerada excessiva, jeito especial de gargalhar, decote de dia e de noite também, além de um requebrado no andar, Iara era malfalada.

— Gosta de provocar — diziam.

— O marido é um barriga branca — comentavam mulheres curiosas para saber se Jeová percebia ou se disfarçava orgulhoso a posse de algo cobiçado que imaginava ser só dele.

Garotas ou adultas tidas como bem-comportadas evitavam aproximar-se daquela mulher diferente das outras, mesmo observando sua frequência às missas do domingo. Iara costumava fazer doações generosas na hora do ofertório e, com isso, conquistava simpatias paroquiais, equilibrando, na medida do possível, má fama e caridade.

E a música embalava as dádivas: "Fica sempre um pouco de perfume nas mãos que oferecem rosas...".

— Obrigada, Dona Iara, Deus há de lhe recompensar — diziam os ajudantes que recolhiam os donativos.

À passagem do casal, podiam-se ouvir os cochichos logo que se distanciava, mesmo depois de cumprimentar conhecidos acostumados a falar pelas costas. E nem adiantava Iara passear de braços dados com o companheiro, sempre solícito a protegê-la da maldade alheia.

Havia também outros menos ferinos, que diziam ser aquele "o jeito dela"; era uma criatura espontânea, nada mais que isso. Talvez tenha sido mimada na infância, e o marido seguia na mesma trilha dos pais. Além do mais, não era possível provar as desconfianças e os falatórios sobre os encontros com o dentista. O tratamento demorado não teria sido ocasionado por zelo do profissional? A prova era uma dentadura cultivada de dentes muito brancos realçando seu sorriso. E a maledicência suportava a beleza?

Iara parecia desconcertar atitudes e desconcentrar a coerência. Entre o ar de inocência e um jeito apelativo, misturava coisas que costumam andar separadas nos moldes de uma avaliação.

Era nas festas do clube que a dúvida sobre a fidelidade de Iara plantava suas raízes. Nas danças e habituais trocas de pares, ela costumava fechar os olhos, dando a impressão de que desfrutava momentos especiais embalados pela música. Jeová parecia achar natural aquela forma de Iara se deixar levar pela música, e qualquer insinuação alheia ele rebatia com o comentário:

— Iara é louca por música, tem uma sensibilidade exemplar.

Com a justificativa dirigida a outros, buscava, talvez, uma explicação dentro de si, justo no ponto em que a lógica das evidências parecia fazer uma curva.

Por causa das suspeitas alheias, não passaram despercebidas as visitas semanais de George, primo de Iara e médico recém-vindo do estágio de residência em São Paulo. Costumava passar na casa da prima, pelo menos duas vezes por semana, para um café da tarde, antes do início das consultas feitas no Hospital da Misericórdia.

— Sabe, eu já estou me acostumando com esse café com bolo, feito com tanto esmero — dizia George.

— Sim, aprendi essa receita pela televisão e resolvi experimentar. Conte-me um pouco sobre sua vida em São Paulo.

George tinha mais charme e inteligência do que beleza. Tornava-se, no entanto, bonito quando começava a falar dos aprendizados da profissão e da vida longe da família, misturados ao esforço de afirmar-se entre profissionais de alto nível. Contou que São Paulo era uma cidade que todos deviam conhecer. A cultura e a culinária eram exemplos de um Brasil múltiplo, regional e cosmopolita.

— Fale um pouco mais — dizia Iara, embevecida com um vocabulário que desconhecia.

— O que você quer saber mais?

— Quero que você fale sobre aquele festival de música, ou suas visitas ao museu e restaurantes.

E Iara escutava emocionada o desfile de eventos, com olhos bem abertos e sorriso de quem voa na imaginação para um espaço desconhecido.

— Na próxima semana vai ter grude e bolo de fubá. Quero que você conte daquela peça de teatro chamada *Carcará*.

— Sim, chego um pouco mais cedo para não atrasar nas consultas.

E chegou. Naquele dia, tudo se alongou. O barulho, o silêncio, as promessas e o medo do dia seguinte...

George foi chamado de repente para participar de um grupo de pesquisa sobre doenças tropicais em São Paulo, e Iara lamentou a perda daquela companhia que a fazia viajar na escuta e curiosidade por outros mundos feitos de sensibilidade e descoberta.

Quando Iara passou com Jeová para a missa no domingo, com sua barriga de espera já crescida, podia se ver nos olhares a dúvida sobre a paternidade.

Dessa vez, evitaram comentar a suspeita. Afinal de contas, o primo já partira. O bebê em curso parecia ser o troféu da inocência.

Jacira

JACIRA DERRAMAVA-SE NOS PREDICADOS QUE COSTUmava empregar para falar do marido:

— Ele tirou o primeiro lugar no concurso para a Caixa Econômica, é muito calmo e não deixa faltar nada em casa.

A conversa fluía em entusiasmo, alentada pelo olhar admirado das amigas.

Inveja, confirmação ou descrença no relato? Nunca se sabe. Jacira apostava na crença e se encorajava ainda no comentário:

— Quando vamos ao supermercado, ele escolhe tudo do bom e do melhor. Vocês precisam ver.

No entanto, era no decorrer do inventário de qualidades que deixava escapar a queixa:

— O problema é que ele gosta muito de bebidas. Quer dizer, não é bem ele, mas os parceiros...

Apelidava de "parceiros" os colegas da Caixa Econômica que costumavam sair direto do trabalho para uma geladinha. Como uma chama a outra, porém, prolongavam-se no tempo e eram rendidos às intermináveis saideiras.

Jacira e Abelardo formavam um casal desencontrado, sustentado pelas brechas que o destino oferece para unir as partes que parecem impossíveis de se conectar. Ele, calmo;

ela, falante. Ele, leitor; ela, noveleira. Ele, discreto; ela, boca no mundo. Caminhavam entre chuvas e trovoadas na guarida de compensações e delitos inesperados.

As farras aconteciam às sextas e quartas, impreterivelmente. Calmo, Abelardo saía como se fosse e voltasse do trabalho sem esticada noite adentro.

— Hoje ele emendou — comentava Jacira, queixando-se do que interpretava como pacto com o demônio.

E o demônio eram os amigos, as más influências a cativar mentes vulneráveis.

— Ele nem sabe dizer não — completava.

Nas noites de farra do Abelardo, Jacira maquinava a sua, em silêncio. Anestesiado pela cerveja, ele não percebia o dinheiro retirado de sua carteira enquanto dormia. A operação não era fácil, e Jacira foi se aprimorando ao longo do tempo. Caminhava na ponta dos pés e aprendeu a distinguir o sono superficial do sono pesado. Refinou, ainda, o disfarce do ato com uma distração; tocava com suaves apalpadelas um lado do corpo, enquanto alcançava a carteira no bolso oposto. Quando ele se movimentava sonolento em resposta às investidas, suspendia a mão à espera de uma respiração mais segura.

Uma vez, ele abriu os olhos em momento inoportuno:

— O que está acontecendo?

— Você estava respirando muito ofegante, como se estivesse se afogando. Vim olhar.

A façanha só se completava quando Jacira contava para as amigas os detalhes dos feitos repetidos semanalmente, alguns mais compensadores:

— Ontem, lavei a burra! Tinha muitas notas altas iguais.

E completava justificando:

— Eu preciso fazer as minhas defesas. Ele compra tudo, é verdade, mas não me deixa pegar em dinheiro.

E o dinheiro era a moeda da tolerância que regulava o humor de Jacira. O sucesso da investida diminuía o tom da reclamação, instalando no dia seguinte um mar de calmaria: a boa comida, a música na vitrola cantarolada em coro e a arrumação da casa. Tudo parecia se harmonizar, como se Abelardo não tivesse chegado às quatro horas da manhã, como se ela não tivesse dormido apenas três horas.

Abelardo atribuía o clima doméstico de paz a uma conformação que o tempo produz sobre as mulheres de boêmios. Afinal de contas, era só farra entre amigos. Às vezes, ele pensava voltar mais cedo ou dispensar convites, mas sabia que um só dia não alteraria a avaliação já sedimentada por anos de julgamento:

— Você até que é bom marido, o problema é esse vício infeliz.

Nem sempre as desapropriações noturnas compensavam a zanga de Jacira. Na vez em que a saída se prolongou até o dia seguinte, arrumou uma mala com os pertences de Abelardo e mandou um portador entregar no bar. Sem angústia pelo aviso sugerido de expulsão, Abelardo voltou com sua calma de sempre. E a cena da volta sugeria o retorno de uma viagem.

No dia em que Abelardo foi alertado pelo funcionário da Caixa Econômica sobre o esquecimento de um saque feito na máquina eletrônica, uma luz acendeu em sua mente confusa. O dinheiro e os anos de trabalho... será que estavam interessados em lhe tirar?

Sim, ele precisava zelar pelo patrimônio da família e guardar a grana em lugar seguro, a memória já falhando.

E escondia tanto que não se lembrava dos cantos camuflados na própria casa.

Todos o ajudavam a procurar. Jacira, já treinada em buscas, agora sem subterfúgio, entregou-lhe um dia umas notas encontradas dentro do sapato. Não sem antes retirar um pouco da quantia que supunha devida. Abelardo já não saía pelo mundo, mas foram muitos anos de esperas e mágoas.

Os esconderijos eram inusitados e algumas vezes a procura se fazia mais intensa. Jacira, a empregada doméstica e os filhos realizavam uma espécie de caça ao tesouro, alternando aflição e alegria quando alguém encontrava as notas desaparecidas. Nos momentos que antecediam a descoberta, era possível ver Abelardo triste, ou pior, com um ar acusatório.

Uma vez Jacira teve a ideia de levantar o colchão, encontrando o esperado. Em agradecimento, ele lhe deu a metade da quantia recebida.

Ali, naquele inusitado encontro que se repetiu por alguns anos, surgia uma nova moeda de troca. E os tecidos esgarçados iam sendo costurados com o fio do esquecimento.

Laura

QUANDO LAURA RESOLVIA TROCAR AS LÁGRIMAS PELO canto, era possível escutar, naquela rua de casas de muro baixo, cantigas entre barulhos de vassouras e lavagem de louças. Os vizinhos, sem reclamar dos sons em momentos impróprios, pareciam prestar solidariedade ao trânsito de sentimentos experimentados por Laura. Substituir o choro copioso já significava uma mudança de rota, a tristeza rumando no atalho de novos caminhos.

— "Tu és a criatura mais linda que meus olhos já viram."

Orlando Dias era o mais cantado e decantado, parecendo até que havia feito a música para ela, nem sempre atenta ao significado oportuno das letras. Às vezes, em pleno dia soltava a estrofe:

— "A noite tá tão escura, a lua fez feriado."

Foi difícil recomeçar depois que Fabrício, exemplo de trabalhador responsável, apaixonou-se pela secretária, uma estrangeira de sotaque diferente e cabelos desalinhados. O boato corria à boca miúda e, como costuma acontecer, Laura foi a última a saber. Em termos, porque um sexto sentido já se insinuava no cheiro das camisas de Fabrício. O olhar distraído que os sonhadores costumam portar era quase um atestado de culpa.

E foi na esteira do não dito, mas percebido, que Laura iniciou a "conversa" pelo barulho dos pertences da casa. A cada pensamento indesejado, batia cadeiras e armários. Falar não falava, mas os objetos da casa recebiam toda a inquietação contida.

Panelas, portas, talheres e pratos seguiam a cumplicidade da suspeição, e o trabalho doméstico substituía a voz. Laura parecia falar através das panelas. O som pontuado pelo tamanho da aflição e suposição de cenas adivinhadas entre o marido e a secretária também barulhavam o silêncio.

Ele pensava até em responder por um bater de portas. Premeditava a força da ação, dando sequência à linguagem dos objetos que foi se instalando como uma gramática aflita. Uma vez ensaiou uma batida de porta, mas reteve o gesto a caminho, contendo-se na certeza de que era melhor o som malquerido do que palavras que não desejava ouvir. A cena abortada da batida foi socorrida na frase: "parece que hoje está ventando muito".

Assim se passaram meses, até que a linguagem dos objetos foi se exaurindo e perdendo a força da surpresa. Depois do sexto prato quebrado, Fabrício iniciou a conversa adiada:

— O que está acontecendo?

— Essa é a pergunta que eu estou fazendo há tempos. Você não é mais o mesmo. Eu que pergunto: O que está acontecendo? Por que tantas saídas e demoras depois do trabalho? Por que esses olhos perdidos de quem vive no mundo da lua? E agora, por que esse olhar de desentendido, por acaso eu estou falando para as paredes?

O silencio se estendeu, e o escondido foi tomando rumo. A princípio incerto e depois mais nítido. Fabrício arrodeou caminhos para adocicar o que não era mais possível dissimular.

— Conheci uma pessoa especial no trabalho e não sei o que fazer. Nunca vivi assim uma coisa parecida. Estou confuso e infeliz.

Continuou dizendo que tinha feito promessas de afastamento, mas o sentimento que experimentava era maior que ele. Reconhecia as qualidades de Laura, por isso não havia tomado nenhuma decisão. Além do mais, concluiu que Fabricinho, de apenas um ano e meio, não entenderia a saída do pai.

Os ouvidos de Laura estavam despreparados para organizar o que a cabeça já intuía. O protesto barulhento das louças foi substituído por lágrimas intermináveis, derramadas em vários momentos do dia. Fabrício trouxe flores, chegou mais cedo, ensaiou afagos, mas não conseguiu driblar o olhar sonhador.

Tampouco renunciou ao que parecia vir de um encantamento irrecusável. Saiu de casa triste como alguém condenado pelo destino.

— Foi algo mais forte do que eu — confessou a um amigo.

Com o tempo, as lágrimas de Laura foram se aplacando e já se podiam ver sorrisos trocados com Fabricinho, que ensaiava os primeiros passos e balbuciava sílabas que a mãe traduzia em frases.

Quando o enfermeiro do posto de saúde entregou a carteira de vacinação do filho, Laura apreciou para além do gesto corriqueiro a delicadeza da ação.

— Se a senhora tiver alguma dúvida é só me procurar.

E assim foi Laura foi ensaiando outros pensamentos.

Em plena noite, quando embalava o filho na rede, era possível ouvir seu canto porta afora:

— "O sol há de brilhar mais uma vez."

Leila

TEREZINHA DE JESUS OU LEILA? BERENICE TINHA PLANOS para a primeira filha e sua índole religiosa apontava a escolha do nome em homenagem àquela sempre invocada em suas orações. Custara a engravidar e foi com a santa que se apegou para sustentar a gravidez em permanente ameaça. Havendo perdido três filhos em tentativas sucessivas de maternidade, jurou que essa seria a última. O próprio médico aconselhou-a desistir, caso a gravidez não prosperasse, para não pôr em risco sua saúde.

Concentrada em cuidados e orações, e acompanhada por médico que lhe receitou remédios e repouso, Berenice sabia que devia a Santa Terezinha o tempo de espera e a esperança. O nome Terezinha de Jesus seria uma justa homenagem e até conseguia antever a criança correndo pela casa e sendo chamada.

— Venha cá, Terezinha de Jesus!

O nome não tinha sido revelado, pois Berenice pensava que manter o segredo poderia amenizar um possível insucesso, sempre pairando no ar como ameaça. Já acumulara sofrimento com as perdas de Rita de Cássia, Maria da Conceição e Francisco de Assis. Os nomes tinham a força do seu desejo. Pareciam criar o ser antes mesmo do nascimento.

Nas aflições do tempo de espera, Berenice ganhou adesões e apoios não restritos ao meio familiar. A vizinha – a quem Berenice devia muitos favores financeiros, além de ajuda cotidiana com chás e alimentos – sentiu-se autorizada a fazer a própria promessa. Repetiria o nome de uma parenta falecida chamada Leila, na qual se apegava sempre em situações aflitivas. Além do mais, achava o nome lindo. Soletrava *Lei-la* e enchia a boca no movimento labial da pronúncia.

— Berenice, desde o dia em que soube de sua gravidez, fiz uma promessa para uma parenta falecida que nunca deixou de atender minhas orações. Me agarro a ela todos os dias e tenho certeza de que desta vez você vai conseguir ir até o fim. Ela se chamava Leila.

Celso, o pai da futura criança, logo aderiu ao nome Leila e, desconsiderando a promessa de Berenice, já chamava a menina pelo nome mesmo quando a gravidez estava bem avançada, eliminando qualquer dúvida sobre a escolha final.

— Comprei esse sapatinho para Leila; veja como é delicado!

A criança nasceu saudável, já rodeada de projeções e desejos desde o nome. Foi quando Berenice revelou que gostaria mesmo que ela fosse chamada de Terezinha de Jesus.

— Vejam como ela tem a carinha de anjo, parecendo com Terezinha de Jesus!

Celso, seja por já ter incorporado o nome Leila, seja por não gostar do nome sugerido pela mulher, buscava a todo o custo convencer Berenice a mudar seus planos.

— Vai ser difícil para nossa filha ganhar um nome assim tão marcado pela religião... tem muita gente hoje em dia trocando de nome e não devemos fazer à pobre inocente a sugestão de um caminho religioso a seguir.

— Mas ela não precisa ser religiosa. O nome é só para ganhar as bênçãos e proteção durante toda a sua vida...

Depois de muita conversa, chegaram a um acordo. A menina portaria os dois nomes, e a solução pareceu aplacar o dilema, sem ferir desejos e promessas. Berenice pensou que a santa, justamente por ser santa, não negaria proteção à filha pela simples razão de não portar seu nome por inteiro. Certamente Terezinha de Jesus estenderia seu manto protetor à filha e a toda a família.

Tereza Leila cresceu rodeada de alegrias e afetos. Berenice buscou educar a filha nos moldes religiosos. Desde que manifestou alguma compreensão de linguagem, a menina escutou histórias sobre a santa que inspirou seu nome. Quando começou a andar, visitava a igreja com a mãe e ajudava a colocar a vela no altar de sua protetora. Na Primeira Comunhão, foi vestida com modelo inspirado nos trajes da santa.

Acontece que Tereza Leila parecia muito precocemente portar uma rebeldia com as coisas do mundo, tal como ele estava organizado. Justo nas idas à igreja, quando Berenice enaltecia o sofrimento e os sacrifícios da santa em nome de Deus, a filha costumava argumentar:

— Mãe, não sei pra que tanto sofrimento. Por que a santa não podia sair por aí viajando e se divertindo?

— Minha filha, há seres que vêm ao mundo para fazer o bem e tornar as pessoas mais felizes; por isso, eles se sacrificam.

— Não acho justo que a pessoa, para ser feliz, tenha que esperar o sacrifício de outras.

E Berenice se esforçava em respostas que giravam em torno do mesmo círculo. Quando carecia de explicação para contestações cada vez mais teimosas, terminava a conversa dizendo que no mundo sagrado nem tudo podia ser explicado.

No correr dos anos, Tereza Leila foi aguçando curiosidades. Começou a participar de movimentos juvenis, tendo por amigos mais íntimos pessoas que pensavam e se comportavam de um jeito diferente. Foi sendo chamada de Leila pelos amigos, assumindo cada vez mais a inquietação que parecia ser sua verdadeira alma.

O estilo de Leila foi evoluindo, destacando-se com cabelos longos, calças de boca larga e mãos cheias de anéis que caracterizavam a moda dos anos 1970. Inspirada na história da atriz que, num gesto de ousadia, expôs sua gravidez usando biquíni, a jovem encontrou o que parecia ser sua tendência primordial. E foi acreditando na força do segundo nome que aprimorou proximidades. Leu a biografia da atriz e se identificou com muitos momentos de sua história.

Leila participou de movimentos sociais. Foi às ruas, brigou a favor da liberdade de imprensa e foi se afastando gradativamente da Tereza idealizada pela mãe.

Quando revelou à família que estava grávida, mas que não iria formalizar sua união com o casamento, Berenice comentou com o marido:

— Eu bem que não queria minha filha com o mesmo nome daquela atriz...

Berenice apegou-se outra vez à santa e pediu que a porção Tereza cuidasse da porção Leila. E consolou-se na espera do difícil equilíbrio.

Luiza

ADAILTON ERA CONHECIDO COMO UM HOMEM BOM, mesmo havendo disparado sua espingarda contra o colecionador de pombos que ousou desafiá-lo na própria casa.

— Nós havíamos combinado que os pombos-correios extraviados seriam de responsabilidade de cada um — argumentou a vítima.

— Mas eu perdi meus melhores mensageiros e você tem que pagar pelo prejuízo.

O tom da conversa foi subindo, até que o colecionador soltou o palavrão respondido pelo cano da arma. A vítima não morreu, mas perdeu os movimentos.

Adailton cozinhou remorsos, mas logo os digeriu. Sua espingarda existia para calar desaforos. Quando a palavra perdia o rumo, o tiro restituía o caminho.

Mas de onde vinha a bondade afamada de Adailton? Luiza era a razão desse julgamento reconhecido entre moradores da redondeza. Todos sabiam que ela fora prostituta, agraciada com a sorte do homem bom que a tirou da Zona e, ainda por cima, acolheu a filha como enteada.

Luiza, quadris largos e sorriso mais ainda, tinha um alvorecer no olhar. Não era de muita fala, mas costumava interagir nas conversas com gestos de concordância. No convívio com a família de Adailton, acompanhava com meneios de assentimento a tagarelice das cunhadas. Era também agradecida às irmãs solteironas de Adailton, que acomodaram preconceitos e aceitaram a decisão inesperada do irmão. Não sem antes o prevenir contra eventuais interesses da escolhida, possivelmente contabilizados acima dos afetos.

— Cuidado para você, com sua inexperiência, não ser enganado por alguma vigarista...

Laís e Zuleide imaginavam Adailton indiferente aos prazeres da carne. Acreditavam que suas andanças pela cidade se resumiam a visitações a colecionadores de pombos-correios. Ele, já passado dos 45, era o guardião das irmãs, que lhe retribuíam no zelo com a saúde e afazeres domésticos. Formavam um trio sustentado por ajuda mútua. Adailton honrava a promessa feita à mãe viúva de que cuidaria financeiramente das irmãs e zelava também pela moral cristã que fazia parte da tradição familiar. Na missa aos domingos, a presença dos irmãos sentados em um mesmo banco era como um quadro vivo do acordo parental em exposição.

Adailton, não obstante o temperamento zangado de quem não aguenta ser provocado, era exemplo de irmão dedicado e sem o vício da bebida, tão comum entre os homens. Causou surpresa quando declarou que iria se casar. Ainda mais quando acrescentou que a moça escolhida não gozava de boa fama. Apaziguou o coração das irmãs ao acrescentar que Luiza tinha índole delicada e em breve aprenderia os costumes ou as tradições familiares.

A proposta de casamento chegou para Luiza como um bilhete de loteria. Vinda do interior, expulsa pela seca, e sem dotes intelectuais que lhe apontassem alternativas para o sustento, encontrou na prostituição um meio de vida "facilitado" por sua beleza. Morou inicialmente em uma pensão e fez amizade com outras moças afeitas a aventuras e em busca de garantia financeira. Por causa de seu ar de inocência e postura mais discreta, era confundida com moça de família, tornando-se diferente das demais colegas.

Iniciante na profissão, Luiza resistia aos assédios; mas aos poucos foi cedendo aos apelos de jovens ávidos por iniciação nas artes do corpo. Depois, os critérios de escolha se ampliaram, incluindo outras faixas etárias e diferentes padrões estéticos.

Se o início foi difícil, a experiência foi ganhando substância. O dinheiro era compensador, quando clientes menos atraentes e nem por isso menos exigentes soltavam recompensas para além do estabelecido. Da pequena pensão, Luiza mudou-se para uma casa mais famosa e especializada, a convite da proprietária atenta ao recrutamento de jovens vindas do interior, desgarradas de apoio familiar.

Foi na Casa da Alegria que Luiza recebeu a visita de Adailton. Antes, informaram-lhe que o rapaz, embora já avançado na idade, era inexperiente no toque. Ela deveria dar o melhor de si com vistas não só a agradá-lo, mas a ampliar a clientela a outros em condições semelhantes. Pouco assíduo no início, Adailton amiudou as visitas. Foi quando Luiza lhe contou que tinha uma filha que ficara no interior e precisava buscá-la.

Costume se faz sem plano. Ganha força na repetição e na maneira como vai se tornando ato natural. Assim aconteceu com Adailton, quando percebeu que Luiza dividia com ele a maior parte das horas. Já desprezava outros, em troca de longos papos, e muitas vezes abdicava do dinheiro para ir comer um lanche ou jantar, atendendo aos pedidos do seu visitante predileto. Era quando se sentia igual a outras mulheres e se orgulhava de sair à luz do dia; ela e Adailton, como se fossem um casal.

Quando Adailton disse que queria fazer vida junto com ela, pensou na filha e lhe impôs a condição:

— Tenho que levar minha filha comigo, pois ela sente muito minha falta. Quero também que ela estude para não repetir a história da mãe.

O comunicado às irmãs, Adailton fez aos poucos, mas sem brecha para senões ou reprovação.

— Preciso de uma mulher para preencher meus dias. Como nem sempre a gente acha o que busca da forma que gostaria, encontrei uma moça que vai precisar aprender muita coisa. Luiza é muito simples e tem vida irregular. Não foi por safadeza que se desencaminhou, mas dificuldade de levar uma vida de acordo com sua índole. A beleza a atirou ao mundo das facilidades, e estou disposto a restituir o que o mundo lhe deve.

Se a religião atrapalha nos julgamentos, às vezes ajuda na filantropia. As irmãs sabiam que sem casamento não se faz uma família decente. E foi com a moeda da caridade que Luiza adentrou aquela casa de cotidiano regrado e barulho de pássaros. Entrou na ponta dos pés como se o silêncio protegesse suas notas excessivas em uma orquestra que desconhecia.

Lídia, com 6 anos, acompanhava as tarefas da mãe, varrendo a casa e ajudando a colher frutas no quintal; uma bacia de seriguelas vermelhas e a doçura de outro tempo que passou a conhecer. Na frescura de um aprendizado em expansão, amoldou-se rapidamente ao figurino. Imitava o jeito de ser das tias novatas e rezava com fervor os terços diários. Não repetir a história da mãe era o horizonte não revelado, mas sabido por todos, menos Lídia, que imitava sem interrogações. Aprendia com as tias na esteira macia da acolhida.

O novo tempo de Luiza seria de grande alegria, não fosse o passado inconveniente que ameaçava aparecer por trás das cortinas em circunstâncias casuais, quando Luiza parecia esquecer a condição de esposa e se excedia no riso ou no olhar. Por isso, recusava-se a participar da reunião familiar por ocasião da visita dos parentes masculinos de Adailton. Evitando expor decotes ou cruzar as pernas quando sua presença era inevitável, parecia estabelecer um inseguro acordo com o corpo, atenta a corrigir eventuais distrações.

Protegia-se ainda na geografia dos espaços domésticos. No quintal, soltava-se em brincadeiras com a filha. Subia no pé de manga e apostava corridas. Na cozinha, abrandava o corpo nas exigências do trabalho. A sala era o local onde praticava exercícios de contenção e prudência. O lugar de recepção de visitas com santuário ao fundo parecia testemunhar sua prova mais difícil: um passaporte com testes frequentes de validade.

O quarto era o refúgio onde Luiza tentava juntar passado e presente. Ali, no aconchego da noite, afirmava-se companheira e fêmea na sua espontaneidade. Repartia com Adailton a cumplicidade dos tempos com uma soltura que logo se esvaía pela manhã, ao longo do corredor. Às vezes, Luiza tinha a impressão de que Adailton lhe lançava um olhar de culpa e esperava que ela desmanchasse as nuvens que passavam em sua cabeça.

No correr dos meses, até o quarto foi perdendo o brilho do refúgio. Adailton vestiu-se pouco a pouco de economia amorosa, esperando que o passado de Luiza se apagasse como vela soprada. Queria mesmo esquecer os momentos antigos de vadiagem, entendendo que esposas não deveriam se prestar a certas liberdades. Luiza já nem se sentia à vontade nas provocações que costumava fazer, desde a camisola vermelha e transparente sobre a calcinha fio dental até a toalha propositadamente mal amarrada no corpo depois do banho.

Foi quando o passado se rebelou depois de tanta aridez e prontidão. Tão logo Adailton saía para o trabalho, Luiza trancava-se e dançava, dançava, em ritmo lento e movimentos sensuais, ao som de "Bésame mucho", só para si, protegida por fones de ouvido. Movia-se tocando os seios e imaginando várias mãos.

Um dia, escreveu um bilhete para a dona da Casa da Alegria:

Dona Antonieta, bom dia. Sei que toda moça da Zona sonha encontrar uma alma caridosa para mudar de vida. Eu encontrei um homem bom, mas não sou feliz. Sinto saudades das risadas, das noites alegres e do meu batom vermelho. Tenho vontade de dar uma voltinha por aí. Ainda há lugar para mim? Segunda-feira apareço para encontrar as colegas e saber das novidades.

Madalena

HAVIA HORAS DO DIA EM QUE VISÕES INUSITADAS invadiam os pensamentos de Madalena de modo mais intenso. Com os olhos perdidos no horizonte, observava o cair da tarde e percebia inquieta a presença de pessoas que já não eram deste mundo. Era visitada por uma tia que partira havia dois anos para o além e uma irmã que a vida levou prematuramente, depois de um acidente de viagem. Em noite de lua cheia, imaginava que sua partida podia também estar se aproximando, preocupando amigos e familiares quando escutavam os presságios daquela moça de 23 anos com tantos tormentos.

Madalena sentia o peso insidioso da censura familiar, sobretudo da mãe observadora que, na mudez da boca crispada, falava com os olhos. A casa se fazia assim de lamentos e silêncios que compunham uma rotina. Madalena, ao amanhecer, seguia as ritualidades domésticas habituais, e era no fim da tarde que sentia o peso das horas, abandonando as leituras e os trabalhos do curso de especialização em inglês.

A terapia incentivada pela família não adiantou. Madalena falou e falou para o moço muito atento, parecendo, no entanto, não entender o penar que lhe invadia. Como não parou de sofrer e viver mistérios, aprendeu a engolir os pressentimentos, compreendendo a importância do silêncio. Foi quando a sua mudez aplacou a interrogação familiar. Talvez a tenham dado por curada.

Por isso, nada comentou quando, em uma tarde, na contemplação habitual do horizonte, viu línguas de fogo descerem do céu e depois se enroscarem em seu corpo. Se fosse comentar, decerto diriam ser mais um sintoma da sua "doença dos nervos". Alguns até explicavam que era por causa da falta de namorado.

Sonhos, Madalena os tinha aos montes. Começou a anotá-los desde a época do tratamento, a pedido do analista junguiano que valorizava as intercorrências do sono, preocupado que estava em dar enredo e sentido à penúria de sua cliente. Incentivada pelo analista, Madalena construiu um caderno de anotações – sonhário –, no qual passou a escrever diariamente suas narrativas oníricas.

Muitas vezes, nem sabia se tinha sonhado, visto ou imaginado. Se essas fronteiras não eram claras nem para ela, a chave dos sonhos funcionava para os ouvintes como um passaporte de aceitação. Transformando tudo em sonhos, Madalena podia falar à vontade, sem assustar ouvintes com surpreendentes relatos de devaneios. Os uivos de lobos que costumava escutar na noite viraram a música de seus sonhos, orquestrando os ditos e escritos que habitavam as páginas do caderno.

Ao contrário dos outros da família, tia Eva escutava com atenção diferente a fala da sobrinha. Professora e estudiosa dos mitos, uma vez lhe falou que sua aguçada sensibilidade para ver coisas era também parte da história dos homens.

— Madalena, a humanidade precisou criar histórias estranhas para entender os enigmas do mundo. Você não está sozinha.

— Conte mais, tia Eva. Só você me entende.

— Os mitos cumprem a função de narrar as origens dos objetos, prever acontecimentos e dar sentido à vida e à morte.

A primeira ideia que veio à cabeça de Madalena, quando ouviu a explicação da tia, foi que a palavra *mito* parecia com *minto*. E assim ficava quando narrava para ouvintes perplexos suas escutas de vozes, uivos e visões, todos agora postos na caixa dos sonhos, pois assim se sentia mais compreendida. No entanto, a principal descoberta era a de que outros povos, em vários tempos, comungavam de suas esquisitices, termo que a mãe costumava usar para falar do jeito arredio e diferente da filha, que parecia habitar o mundo da lua.

— Não sei a quem você puxou tão estranha — costumava dizer Jacira, referindo-se a Madalena.

A explicação de tia Eva provocou interesse em Madalena, que iniciou suas leituras sobre mitos, descobrindo histórias com astros e animais antiquíssimos. Com esses personagens, ela tinha familiaridade. Eles já haviam povoado a sua infância, prolongando-se no tempo e criando assento cativo. Sentiu-se como se regressasse a um lugar perdido, encontrando nas leituras indicadas por tia Eva explicação para muitas das coisas que sentia.

O livro *Mulheres que correm com os lobos*, de Clarissa Pinkola Estés, psicanalista junguiana, aguçou sua curiosidade, em razão do fascínio da autora por lobos. A escritora, que baseou suas histórias nas crenças familiares transmitidas de geração em geração, inspirou-se em animais selvagens. Um capítulo do livro denominado "O Uivo: a ressurreição da mulher selvagem" chamou a atenção de Madalena. Dizia que a mulher lobo é o espírito da grande mãe da natureza, que recolhe e protege os ossos dos animais mortos no deserto daquela região.

Será que essa explicação da autora tem algo a ver com os uivos que escuto em vários momentos da noite?, pensava Madalena.

Depois da leitura do livro, Madalena prosseguiu na curiosidade, o que conseguia aplacar a angústia das suas visões ao cair da tarde. Um novo curso pela internet sobre mitologia ocupou parte de seus dias. A bibliografia era ampla; e, se não entendia bem o que lia, tia Eva era seu dicionário e enciclopédia. Dela escutou, em tom professoral, que o antropólogo Lévi-Strauss pesquisou a estrutura universal dos mitos e a importância que eles tinham nas curas entre povos selvagens. Essa parte ela não entendeu muito, mas já se acostumara com os enigmas.

Explicou ainda tia Eva que os mitos se atualizam e ganham outras roupagens, estando lá como arquétipos a se entranharem nas várias manifestações da vida. Sim, a ciência não invadiu tudo, e é nas brechas do imaginário criativo que os mitos se atualizam, repetindo, nas histórias infantis, nos livros e contos, a saga da condição humana.

Madalena escutava, com olhos fixos e imaginação flutuante, as falas de Eva, já mergulhando nos próprios pensamentos. *Sim, a criança*, pensou Madalena, imaginando os bebês do mundo: aqueles que vieram e os que não viriam, como o dela, tão desejado e com pouca esperança de nascer.

Nunca havia namorado.

Tanto o curso como a fala da tia Eva eram de difícil compreensão para a formação escolar da menina, interrompida desde os 15 anos, quando as marcas do devaneio invadiram a sala de aula de uma escola tradicional.

— Madalena anda falando coisas estranhas e isso prejudica o ensino dos alunos — comentou o diretor.

— Sim, compreendo — disse a mãe, envergonhada e confusa sobre o que fazer.

Foi quando a família resolveu que ela sairia da escola, ficaria uns tempos em casa para tratar da mente. Na realidade, o que Madalena sentia mesmo estava nos arrepios de sua imaginação. A capacidade de ver coisas, ela foi aprendendo a esconder nas dobras de uma interrogação não verbalizada. Sempre havia gostado de contos de fadas e confundia-se com eles. Na história da Chapeuzinho Vermelho, imaginava-se trapaceando o lobo, pois conhecia seus uivos noturnos.

Na partilha entre as estranhezas, as leituras e conversas com tia Eva, Madalena começou a sentir uma calmaria. Se outros tinham criado histórias com a imaginação que o mundo da razão desacreditava, agora ela era parte de um conjunto diferente habitado por seus sonhos, pensamentos e visões. Tinha parentesco com uma ancestralidade e se sentia como o Patinho Feio, que só descobriu sua beleza entre os cisnes. Madalena teve até vontade de procurar seu médico analista para dizer que ela mesma encontrara algum fio do seu entranhado novelo. Concluiu que fazia parte da linhagem de outro tempo. Decidiu, porém, que permaneceria silenciosa. Não mais falaria de suas visões e ficaria como se pensasse e visse igual aos outros. *Vou me fantasiar de normal*, pensou.

No entanto, para a tia Eva, resolveu contar.

Disse ter visto ao cair da tarde panos brancos na janela e um bater injuriado de panelas, a certa hora da noite. Relatava que o herói Salvador era homem do povo, tinha sofrido penúrias para entender a humanidade em sua carência. Quantos desastres! As florestas queimando, as águas sugadas pela energia, o gasto de tudo, o movimento maior do que a Terra podia suportar, a pandemia invadindo as casas. Se Deus havia mandado outras pestes para ensinar lições de virtude, o mundo não parecia ter aprendido.

Tia Eva imaginou que algo estava mesmo para acontecer. O falatório percorria o mundo de ponta a ponta. Bastava escutar a televisão, consultar as mensagens do celular. O herói que simbolizava os males do mundo estava por vir, podendo lavar com sangue as calçadas das ruas, retirando soberbas e pecados. Esse herói não teria o discurso de mestre, não viria para ensinar, mas para escutar lamentos ignorados e devolver a voz aos falantes, com o olhar manso de quem já navegou em todas as águas do tempo. Sabia o Salvador que cada um já tinha o herói dentro de si.

O cenário do quarto parecia uma obra de Manet. Madalena, vestida de vermelho e deitada em lençóis alvos, murmurava como se cantasse para dentro, imitando uma ventríloqua. De olhos fechados, sentia os sinais da natureza na mornidão da tarde beirando a noite, parecendo não estar mais neste mundo.

Ela, que havia esperado pelo amor que não veio, nas tantas possibilidades imaginadas, sentia no corpo a febre e a tontura adentrando: sinais do porvir se antecipando na fila do tempo.

Sim, ele viria e já se prenunciava nas pulsações do seu corpo – batidas de um coração descompassado. Sentia o cheiro do vento a sibilar em segundos de um céu quase escuro.

Tia Eva manteve-se ao seu lado e comungou daquela festa desejante que nomeou de futuro.

Margarida

ANDRÉ DESCOBRIU A DOENÇA JÁ SEM TEMPO DE tratar. A rapidez cabia em uma frase, e assim fez Margarida quando ligou, entre lágrimas, para os amigos mais próximos:

— Meu marido está morrendo.

Parece que a cada vez que dizia dava-se conta do que estava para acontecer e retomava sua tarefa de cuidados com pacientes terminais, exercendo com esmero a profissão de enfermeira, agora chefe na própria casa. O segundo telefonema foi também rápido e definitivo:

— Vai ser amanhã, o velório.

Naquele local das despedidas, era possível vê-la de branco, cumprimentando os amigos, já com choro apaziguado a lembrar dos bons tempos vividos com o pai dos seus três filhos. Defeitos ele tinha, sendo o pior a pouca disposição para o amor. No entanto, era sempre sobre os primeiros tempos de namoro que Margarida detinha seus comentários feitos aos amigos, entrecortando lágrimas e risos.

— Ele era desajeitado, mas logo dei um grau nele. Com pouco tempo de namoro, já estávamos casados.

Na sala do velório, ao contrário de uma viúva lamentando que a vida nunca seria a mesma, Margarida narrava com entusiasmo os tempos de início, o dia em que transaram às escondidas na casa de amigos, quando motéis e dinheiro eram escassos.

Orgulhava-se de quase seduzir de maneira insidiosa o rapaz alto e tímido, mais voltado para os apelos da política do que às práticas do amor. Quem a visse animada, contando os acontecimentos do passado, mal acreditava naquele ambiente de velas, flores e despedida.

Se algum visitante chegava rapidamente, com um ar de condolências, logo mudava de humor quando percebia a tristeza se escondendo nos risos, quase invertendo a cena usual de um velório. Por vezes, parecia que a viúva, ao invés de ser consolada, amenizava a tristeza dos amigos mais próximos:

— Ele estava sofrendo muito, agora descansa em paz.

Passado o momento do ritual, Margarida chorou as lágrimas que tinha como enxurrada de uma chuva forte, sem pausa. E parou. Era preciso tocar a vida, acertar os dinheiros, voltar a trabalhar e, se possível, adquirir novos encantamentos.

Foi com a disposição de vida a seguir que conheceu o fazendeiro Januário dos Reis, também viúvo, em uma das ocasiões em que dava plantão no hospital, precisando atender ao paciente com a perna ferida de uma queda do cavalo.

Januário tinha o olhar decidido e a voz forte de quem era acostumado a enfrentar as intempéries da vida. Contou que era habituado a cavalgar léguas para resolver negócios locais, como compra e venda de animais, desafiando caminhos intransitáveis por veículo. Atravessava pequenos riachos, ouvindo o canto dos passarinhos e sentindo o cheiro do mato.

Foi no segundo curativo que Margarida sentiu o olhar mais demorado de Januário, ela também se alongando no tempo do procedimento, colando devagar o micropore, fazendo um biquinho de soprar o mercúrio em um gesto não completado, pois sabia que não podia disseminar bactérias. Sentiu seu coração bater quando ele tocou em sua coxa, dizendo em tom de brincadeira:

— Vou precisar ainda de muitos curativos.

— Faço quantas vezes for preciso — disse Margarida, devolvendo um olhar maior que o dizer.

Os passos seguintes foram rápidos, depois que as feridas do corpo tomaram o rumo de cura das feridas da alma. Trocaram confidências, tristezas partilhadas, vendo surgir os primeiros sinais sussurrados pelo anjo do destino. Passearam na fazenda e cavalgaram juntos em lugares distantes, experimentando o colchão de folhas com o barulho dos riachos e a orquestra de passarinhos. Foi quando Margarida pensou o quanto a vida havia lhe negado nos últimos anos. André, depois do nascimento do terceiro filho, esquivava-se dos encontros íntimos e, por causa da raridade dos convites, ela se punha sempre disponível. Atendia a qualquer inusitado apelo amoroso, mesmo se estivesse pronta para ir ao cinema com a filha. E se não aproveitasse nem as oportunidades possíveis?

O fazendeiro, ao contrário, era o exercício apelativo da constância. O jeito sertanejo de pouca conversa e olhar comprido era coisa com a qual Margarida já nem estava mais acostumada. Agora podia exercer o direito da recusa e o gosto de brincar de não querer, só para vê-lo esmerar-se em carinhos e receber ramo de flores catadas no mato.

Não estranhou quando ele disse que ela deveria se casar de branco, como noiva mandada por Deus, para consolar sua viuvez e encher de alegria aquelas terras sem os tratos da mão feminina. Mesmo contrariando os filhos, Margarida aceitou o convite de morar na fazenda. Trabalharia em hospital próximo, no emprego arranjado pelo prefeito de Pombal, e caminharia cedinho, antes do trabalho, por entre trilhas de arbustos, festejando os ares da nova vida.

Margarida hoje cavalga nas terras, visita outras fazendas, e ainda diz que André mandou para ela essa chama de vida com cheiro de lamparina.

Maria
das Dores

MORADORA DE UMA OCUPAÇÃO EM BAIRRO PERIFÉRICO chamado Bom Jardim, Maria das Dores madrugava no trabalho feito em casa, contornando as urgências para o alimento de oito filhos. O cheiro de cuscuz em seu casebre de tábua e flandres podia ser sentido desde as quatro horas, acompanhando o canto do galo. Na oração noturna, filhos dormindo, clamava por um emprego para o marido Valdir.

— Que Deus dê também sossego para a mania que ele tem de circular nas redondezas nesse tempo em que todos devem ficar em casa — repetia das Dores em seus pedidos.

De nada adiantou para Valdir o correr das notícias sobre a disseminação do vírus em bairros mais pobres da cidade. O dito e redito no noticiário televisivo parecia, para ele e para muitos dos seus conhecidos, um filme de terror em que não gostavam de acreditar.

— Tudo invenção de televisão — costumava dizer, acrescentando que ninguém podia prever o destino que era obra de Deus.

Cada um com seu dia, e não viesse ninguém adivinhar o futuro.

— A televisão faz até margarina sorrir — acrescentava, reforçando a descrença.

Ver televisão, com a exibição de tantos caixões, noticiando mortos pela covid? Esconjurou noticiários.

— A vida já tão difícil!

Das Dores e sua labuta diária. Com ela, as refeições eram feitas de arroz, feijão e pirão. Nada de biscoitos, e sim pão com suco feito com pozinho vermelho. Morango ou uva eram os sabores de que os filhos mais gostavam, e assim a variação era pouca para tanto anúncio que se via na televisão e no rádio. Nos aniversários, o direito a Guaraná sem repetições. A vida era feita do calor possível, da vontade regulada, o futuro sem horizonte grande.

Só Valdir saía da rota calculada dos prazeres. No tempo em que trabalhava, compensava o cansaço nos devaneios boêmios censurados pelo olhar silencioso e apreensivo de Maria das Dores. Ela que se acostumasse com a espera.

Agora, sem emprego, sobrava a boemia sem razão de ser, alimentada no apelo dos amigos. Mesmo com os perigos da doença, seguia nas andanças noturnas, depois também diurnas. Quem sabe os destinos de Deus? Ninguém morre de véspera, argumentava Valdir.

Valdir pagou com vida a teimosia do andar à toa. Tudo perto, bar à espera, amigos a convidar. Por que não?

Das Dores foi ao hospital saber notícias sobre o dia de alta de Valdir, confiante de que logo ele voltaria para casa.

Lá tomou conhecimento da morte de Valdir por um atestado entregue à porta da recepção. Precisou ler e reler a palavra óbito, escrita em um papel entregue pelo funcionário da saúde. Apurou a vista, que foi ficando mareada no esforço e intuição de que coisa boa não estava ali escrito. A mão negra tremia, e ela nem sequer teve a coragem de perguntar o significado da palavra. Uma vida inteira, e tudo assim datilografado com um nome estranho, sem um dizer devagar para acostumar o espírito. Adivinhou o conteúdo do papel pelo olhar da funcionária.

Relembrou as últimas palavras do marido:

— Vou só ali fazer um exame, porque a respiração tá difícil. Coisinha pouca, eu já volto.

Das Dores, na dor da perda, esqueceu as brutalidades cotidianas de Valdir.

Na pesquisa sobre a relação entre COVID e violência doméstica, feita pela Secretaria Estadual de Saúde, das Dores viu amigas serem entrevistadas. No entanto, ela não queria falar das brigas vergonhosas. Que sejam guardadas no livro escondido da intimidade, pensou. E, depois de sua denúncia, rumores de sua fala não poderiam chegar pior ainda na cabeça do Valdir, criando estragos? Sabia que na Delegacia da Mulher as agressões precisavam da comprovação. Ela não tinha marcas no corpo, só arranhaduras na alma. Ele, prisioneiro de si mesmo, certamente diria que não lembrava ou que era tudo mentira.

Valdir, quando vinha dos bares, na cadência costumeira do álcool, misturava ódios: a perda no jogo, as dívidas com as contas vencidas e o olhar atravessado da mulher.

O jantar frio era mais uma provocação para os nervos de Valdir, acionando uma cadeia de erros. Insultos desembestavam e, na licenciosa intimidade, esquecia os verdadeiros destinatários de suas queixas. Palavrões, pragas contra tudo e todos, e ela pedindo que ele não falasse tão alto. Era quando transferia para das Dores os males do mundo. Mulher era para ter acolhimento de tudo; qualquer olhar torto era sinal de que estava do lado dos outros. Logo ela, ali tão perto.

Dia seguinte ao desatino, Valdir se esmerava na atenção. Era a bebida, não ele, a responsável pelo acontecido. E o vento levava os ditos e feitos para o esquecimento. Quando o marido ia com ela à missa, aos domingos, tudo se dissipava. Em instantes de maior piedade, Valdir levantava as mãos e parecia pedir perdão a Deus. Se Ele o perdoava, por que ela não fazia o mesmo?

E a memória tem suas artes. Depois que Valdir partiu, das Dores só se lembrava das coisas boas. Do tempo em que ele trabalhava e, no trajeto de volta, vinha com pães e doces, vez em quando uma mistura para o almoço. À noite, quando ela soltava os cabelos, ele dizia que ela era a mulher mais bonita do mundo. Lembrou-se ainda do perfume que ganhou no dia do seu aniversário. Guardou um resto e de vez em quando aspirava o vidro às escondidas, deixando que nesgas de afetos invadissem sua mente.

E as lembranças se alimentam de cheiros.

Melinda

DAQUELA MOÇA DE POUCAS PALAVRAS E SILHUETA magra, sabe-se muito pouco, restando o nome e comentários desencontrados sobre sua passagem por este mundo.

O nome Melinda sugere uma beleza que lhe faltava, talvez perdida na moldura de cabelos negros, longos e presos em coque. Os grandes olhos pareciam apurados o suficiente para realizar tarefas miúdas com a precisão de detalhes. As mãos, de dedos longos e finos, treinadas nas artes manuais, favoreciam o deslize de fios em agulhas que emendavam pontos de um bordado diário.

Andréa, a tia de Melinda, contava que ela acordava cedo. Concluídas as atividades de higiene e café, sentava-se no terraço lateral da casa. Ali ficava horas, entre panos e linhas. A agulha, no vaivém dos lados do tecido, preenchia vazios, dando forma aos desenhos copiados de revistas.

A merenda, servida na metade da manhã, era anunciada por Mercedes:

— Pare um pouquinho, venha tomar um suco para esperar o almoço.

— Estou quase terminando o desenho da cestinha, vou já.

E tudo podia esperar, menos um ponto em processo final. A peça pronta ou parte dela marcava um tempo.

O capricho no avesso do bordado honrava o lado direito, como se ambos devessem ser examinados, desafiando olhares mais exigentes. Às vezes, Melinda contemplava a tarefa, esticando o braço para apreciá-la à distância. Esboçava um ar de satisfação quando percebia a harmonia do conjunto.

Não costumava mostrar os bordados, mas também não escondia a ponta de orgulho quando alguém pedia para vê-los e soltava um elogio.

— Que bordado lindo! Onde você aprendeu a fazer esse ponto?

— Tive uma madrinha que me ensinou desde criança.

As artes manuais foram adquiridas na transmissão entre gerações, mas também aprimoradas nas revistas, nos moldes colecionados e na própria experiência. O diploma de um curso de bordado por correspondência premiava o empenho.

As manhãs e tardes de Melinda poderiam ser divididas por tarefas concluídas, embora esse cálculo não organizasse o bordado diário. Às vezes, para aproveitar a linha da agulha, o trabalho era interrompido. Na oportunidade das cores, os panos pareciam esperar uns pelos outros. Melinda aflorava livre na escolha, fazendo da dúvida um espaço de liberdade ou ousadia só experimentada nesse momento. Era um virtuosismo que não questionava a ordem das coisas. E nesse arco-íris o tempo passava, como se o mundo todo fosse um bordado.

As dúvidas naturalmente apareciam. Azul ou rosa? Se o rosa ousava predominar, Melinda introduzia o azul em tons delicados, entremeados de um respingo amarelo. Como se pintasse um quadro impressionista, buscava equilibrar as cores que pareciam ceder lugar a outras na recusa de uma indevida supremacia. O conjunto das peças precisava percorrer um destino incerto sobre o sexo de quem usaria.

Coelhos, cachorros e patos aparentavam vida quando os olhos eram por fim construídos no alto-relevo do ponto de arroz. As flores... Ah, as flores, pois sem elas o desenho entristecia. O segredo estava no balanço entre a força e a fragilidade dos tons, o manejo das mãos, a dança do olhar.

Quando a novela do rádio era anunciada, sempre às cinco da tarde, Melinda parava tudo. Era sua hora de imaginar a vida pelo romance narrado. Escutava com prazer a história de *O direito de nascer*, e gostava de ouvir o drama dos personagens com seus amores proibidos sob o controle familiar. Esse era o momento em que sua vida pacata se transportava para um universo desconhecido.

Ah, por que Maria Helena não poderia amar livremente o Albertinho Limonta?, Pensava em devaneios sobre os personagens da novela.

Uma vez Melinda foi vista chorando, quando Maria Helena soluçava no rádio por conta da impossibilidade de realizar sua escolha amorosa. Logo disfarçou, quando os familiares, percebendo seu envolvimento na trama, olharam-na curiosos:

— Você está chorando, Melinda?

— Não, acho que apurei demais a vista. Talvez esteja precisando de óculos.

Que não pensassem que o ocorrido na novela poderia acontecer com ela. Era moça bem-comportada e não iria impor nenhum desejo acima das regras da casa. Por isso, não correspondia aos olhares de Artur, que passava diante de sua casa, observando atento o terraço onde Melinda bordava distraída.

— Ele não é homem para você — escutou dizerem.

Devia ser por causa de seu escasso estudo, pensou.

— Completamente sem futuro — concluíam os familiares.

Só uma vez ele deu um forte assobio, e ela se assustou, deixando cair o pano no chão. De modo rápido, desviou o olhar para o bordado e prosseguiu como se nada tivesse acontecido. Só não impediu de deixar o coração bater forte.

Às vezes, Melinda sentia uma inesperada fraqueza e ligava um ventilador. Prendia a cabeça entre as mãos e atentava para que as linhas do bordado não voassem. Disseram a ela que tempos quentes podiam provocar esmorecimento, e ela acalmava as preocupações pensando que seu corpo sentia os efeitos do calor.

Era quando Mercedes fazia para a filha um copo de leite com malvas, que ela bebia a contragosto, mesmo sabendo que era para seu bem. Um pacto de silêncio acompanhava o ritual de preparo e consumo. Ambas sabiam que era preciso beber e acreditar na força do remédio caseiro.

Quando o bordado seguia mais lento por causa da tosse, Melinda o retomava com o afinco de quem dele retira sua energia diária, encontrando no feitio a razão para seguir em frente. Já não sabia se a teima em prosseguir criava a vontade ou era o contrário. A cada peça finalizada, surgia o prazer da etapa cumprida e o desejo de iniciar a próxima, apesar da fraqueza.

Os panos separados segundo suas funções, em sacos plásticos, preencheram a cesta ornada com babados e fitas.

Os elogios ao enxoval eram acompanhados de sugestões, pois as habilidades poderiam gerar lucros.

— Por que você não divulga o trabalho e aceita encomendas?

— Mas eu não tenho jeito para o comércio.

Melinda trabalhava mesmo era por afeto. E imaginava, ao olhar as peças organizadas, pernas de um bebê movendo-se entre cueiros, ou pequenos braços vestidos pelo tecido macio como se fosse uma segunda pele. Os bordados delicados ao toque partilhariam o triunfo da chegada em um cenário alegre de bichinhos e flores, sugerindo uma harmonia entre reinos.

No fim do trabalho, Melinda pediu que fosse feito um grande pacote com papel transparente. Nele, pôs uma dedicatória com sua letra desenhada:

"Esse bebê, que será meu primeiro sobrinho, tem toda a minha bênção, amor e desejo de muita felicidade".

O cheiro de alfazema era sentido no invólucro da caixa, pois as peças foram passadas a ferro de brasa com o chá da erva. Um grande laço completou o trabalho diário feito em seis meses.

Jacira receberia o enxoval como um presente dado de surpresa, naquele tempo em que não havia lojas especializadas para recém-nascidos e a arte manual estava longe de ser substituída pelas máquinas. Cada peça continha a doçura das horas trabalhadas, desde a concepção dos desenhos, os bordados e as terminações nas barras dos cueiros e colchas. O precioso ponto de cruz e a paciência das horas.

Sempre que a mãe de Grace comentava que não aceitara o enxoval que Melinda havia bordado para o seu nascimento, a menina enchia os olhos de lágrimas.

— Sua tia era tuberculosa — justificou Jacira.

Grace, que não chegou a conhecer Melinda, vez em quando imaginava mãos laboriosas em um trabalho que não cumpriu o seu destino. Pensava nos fios que ligam e desligam as horas. Os próprios bordados que a vida faz. Ou desfaz.

Regina

ASSIM REGINA SE SENTIA QUANDO ESCREVEU EM SEU diário:

Não sei se escrevo, ou se corto o papel com a lâmina fina que já me feriu. Antes suturo as marcas, porque o tempo é demasiado lento para a minha partitura ansiosa e descompassada – não sei como expressar a irrupção brusca do meu espanto.

A matéria de seu espanto era como pancada seca que desmanchava as palavras. Mais parecia um raio, desafiando os céus e batendo portas, ao invés de abri-las. Regina sentia a desconstrução do tempo como se fosse um relógio de ponteiros parados.

Se não fosse médica, se não tivesse estudado no melhor colégio do Crato, repetiria a saga do folhetim comum. Faria a cena acusatória, sem medir o tom ou respeitar a forma rumo ao desenlace. Fechava os olhos e via pratos quebrados, fotos destruídas e lágrimas que orquestrariam aquele momento em seu despencar repentino. Deixaria que saíssem as piores palavras de sua boca bem desenhada para testemunhar os dez anos de casada, com os rituais que a vida comportava: festas, natais, viagens e todas as coisas por onde se costura a linha do tempo.

Se a palavra traição tivesse serventia, gritaria com todas as letras para que percebessem o avesso de seu casamento exemplar, réplica de pretenso modelo tirado da vida real.

No entanto, não era de perfeição que se tratava. Regina já tinha queixas antigas do marido, considerando, porém, que elas faziam parte de certo tributo a pagar pelos benefícios da tranquilidade produzida na repetição. E da tranquilidade faziam parte o desarrumado dos lençóis e o barulho de louça em cenas diárias, do nascer ao pôr do sol.

Havia até se acostumado com o jeito meio seco e distraído de Júlio, pouco afeito na arte de ser cavalheiro. Certa vez, quando vinham das compras, Regina deixou cair um pacote de café no chão e esperou em vão que ele apanhasse. As pequenas indelicadezas diárias, Regina assimilara como partes de um comportamento pouco lapidado, mas longe de ser traduzido como desamor.

É o temperamento dele, pensava. Cercou-se então das grandes virtudes compensatórias partilhadas com as amigas:

— O Júlio tem esse jeito, às vezes brusco, mas tenho certeza de seus sentimentos em relação a mim. Isso é coisa de homem mimado e desajeitado no modo de lidar com os afetos.

— Sim — acrescentava Marisa. — Além do mais, nunca se ouviu falar de qualquer escorrego amoroso. Sorte a sua, se observar o que aconteceu com a nossa amiga Vanessa. Ainda grávida, descobriu o namoro do marido, tendo que equilibrar saúde física e mental.

O que brotou de um saber repentino e sem explicação foi fruto da intuição de Regina. Quando Júlio viajou, ela resolveu investigar alguma estranheza que sentiu no ar.

Sonhou com Júlio fantasiado de coringa, em pleno Carnaval, e nem soube explicar por que foi invadida por uma onda de inquietação. Júlio havia pedido que ela passasse na loja especializada para apanhar o seu computador que teve a placa-mãe danificada.

Examinando mensagens que não eram de sua conta, Regina resolveu digitar a palavra fantasia. Foi quando viu passear pela tela bilhetes, cartas, declarações, encontros. Tudo o que ela via nas novelas, nos filmes e parecia tão distante de sua vida embaralhou as fronteiras da lucidez. O susto provocou uma paralisia, e ela esperou dias para tocar no assunto. Noites sem dormir e um calmante para distrair os pensamentos.

Entre o grito e o silêncio, foi guardando forças à espera da melhor hora. Não fossem os filhos e as dúvidas sobre a diferença entre o que viu na tela e o efetivamente acontecido, teria saído de casa muda e sem acenos de volta.

Os escritos lidos e relidos eram o vendaval que desorganizava a narrativa construída para si e para os outros. Como se fosse uma louca amordaçada de punhos presos, foi costurando pontos em silêncio. Assim, encharcou-se de tristeza disfarçada, passando a contemplar fotografias de família como se fossem documentos falsos de uma película ficcional.

Estranhou a própria imagem como uma atriz embaralhando cena e realidade. Quem era essa vestida de alegria em foto abraçada em dias de festa? Percebia sorrisos expostos em porta-retratos como se zombassem de tudo – a encenação de um teatro. E as fotos de viagem? Essas, sim, eram a vida enrolada em papel-celofane que Regina supunha ter desempacotado. Imaginava ter aberto a caixa de Pandora e juntado interrogações em espirais, como pequenas peças de um mapa estrangeiro.

As mensagens do computador, depois de impressas, tornaram-se uma espécie de lente através da qual Regina passou a observar e interpretar as ações de Júlio.

A recente viagem que haviam feito aos países do Oriente Médio, segundo Júlio uma estada de lua de mel, também parecia um evento teatral ao qual Regina somou a constatação de que sua vida era pura mentira.

Foi quando uma civilidade tirada de sua condição social, baseada na calma que costuma se instalar em situações de perigo, levou-a a dizer:

— Quero que você me explique o que eu li.

— São só fantasias — respondeu. — Não leve tudo tão a sério; mas, se quiser, podemos conversar.

E conversaram muito, mas as conversas não rendiam. A cada detalhe explorado, Júlio esquivava-se da resposta, dizendo que não estava em um tribunal. Sempre tinha admirado a liberdade de que dispunham na relação e não quebraria esse princípio, argumentava.

— Não quero me separar — dizia Júlio —, mas, se você continuar reclamando assim, vai ser difícil.

Na falta de respostas convincentes, Regina remoía o não explicado. Como uma detetive de um crime não julgado, parecia procurar provas. E, a cada saída ou viagem inesperada de Júlio, mergulhava em perguntas que já nem eram mais verbalizadas.

Sobressaltos de paixão Regina já havia experimentado, ao longo do tempo de convivência, quando a placidez dos dias pedia novidades. Sobretudo ela, que tinha olhos brilhantes e curiosidade com o desconhecido. Outros homens frequentaram seus sonhos, alguns dos quais vividos e abandonados em nome de uma pergunta: *Será que vale a pena?*

Nas idas e vindas de uma conversa impossível entre o casal, só aos poucos o poema do tempo foi tomando o lugar do ressentimento. Regina tinha amigas que moravam distante e que atenderam ao seu pedido para uma conversa entre mulheres.

Mariana, Estela e Adriana se reuniram com Regina para uma assembleia de afetos. Concluíram que a amiga precisava recompor sua autoestima. Como se fossem damas de companhia, arrumando a debutante para os palcos da vida, convenceram-na a fazer sua viagem sonhada, tantas vezes adiada.

Regina faria o ansiado curso de inglês em Cambridge e esperaria que a vida desse sua curva natural.

Júlio sentiu o peso dessa decisão, mas não ousou fazer com que ela mudasse de ideia.

Três meses depois, quando Regina voltou depois de experimentar a fantasia de mulher desejada dentro e fora do país, Júlio sentiu a vertigem de uma interrogação muda.

Sem explorar o redemoinho da dúvida, limitou-se a perguntar:

— Aprendeu bem o inglês?

Rosita

O DIA AMANHECEU COM O BARULHO DE VASSOURAS e louças, sugerindo uma alteração da rotina. Na mudança de cenário, Rosita esmerava-se na função de organizar as tarefas, distribuindo o tempo segundo as prioridades. Mais um aniversário seria anunciado pelo rádio, no programa de Wilson Machado, já se sabendo que o locutor iria, como de hábito, apresentar qualidades do homenageado. Os anúncios incluíam expressões como a "elegante senhora", a "linda garotinha" ou "o competente funcionário", todos gozando de distinção adequada aos atributos de idade, gênero e classe social.

— Hoje está aniversariando uma linda garotinha que mora na rua Gonçalves Ledo, número 14. Celina é o orgulho de seus pais e está fazendo 6 aninhos.

Naquele momento em que Rosita ouviu o anúncio do aniversário de Celina, também se sentiu homenageada por ela mesma ter sido porta-voz da notícia. Todos sabiam que Rosita telefonava para o programa "Disque M para a Música", da Ceará Rádio Clube, informando aniversários de familiares e amigos, com o cuidado de se antecipar em dois dias, tempo suficiente para o encaixe do anúncio na programação matutina diária. Os aniversariantes, já cientes dos permanentes registros, esperavam ouvir seus nomes desde cedo na emissora PRE-9, ainda sem disputa com a televisão, mantendo um número considerável de ouvintes.

As comidas dos aniversários eram sempre as mesmas. Uma merenda por volta das três da tarde, uma jarra de *Ki-Suco*, um bolo, tapioca e cuscuz.

— Está tudo pronto, vamos todos para a mesa.

Os parabéns eram entoados em muitas vozes, quase sempre desencontradas. Alguns se antecipavam ou retardavam o canto, preocupados com o alcance de melhores lugares entre os seis disponíveis. Uma vela grande, de chama tremulante que insistia em apagar, provocava riso nas crianças e certo mau humor em Rosita, nas tentativas repetidas de manter acesa, também, sua chama interior para que tudo funcionasse como deveria ser.

O festejo só terminava quando a última fatia de bolo era servida. Não aleatoriamente, mas repartida um a um, para todos. Um pedaço era reservado para Cleiton e Raul, irmãos de Rosita, que se encontravam no trabalho. Pelo mesmo motivo, Angelina e Matilde também receberiam fatias guardadas no armário.

Em dias normais, Rosita mantinha a tarefa doméstica rotineira. Desde o café até o jantar, era a filha que, sem ter concluído o primeiro grau, ficara encarregada dos afazeres cotidianos: cozinhar, varrer e lavar. Como se tivessem decidido depois de uma assembleia entre seis irmãos, ou ela própria tivesse tomado a iniciativa da função, cuidava dos pais e da casa como um dever inadiável a cumprir. Substituía irmãos e irmãs que também não se casaram, mas se deslocavam diariamente para o trabalho. Ainda uma tia materna contribuía para o acréscimo dos afazeres domésticos. Bocas para dar de comer, alimentos para fazer e disposição obrigatória.

Rosita não era bonita para os padrões da época, mas, se algum rapaz tivesse notado sua nuca delicada de pele acetinada, ou a cintura fina, em vez de ter observado as sardas em um rosto de boca quase ausente, decerto seu destino teria sido diferente. Não precisaria completar sua renda com aulas particulares para crianças atrasadas na escola. Essa era a tarefa que executava com prazer, mas acompanhada de alguma impaciência.

— Anda, menino! Já expliquei quinhentas vezes... Espia para o caderno, e não para mim!

Era depois do almoço, com a louça já lavada, que Rosita exercitava a caligrafia de crianças por meio de ditados e cópias. No tempo em que o ensino estava longe de ser objeto de discussão, a praticidade dos deveres e a lógica da repetição se antecipavam à pedagogia. Rosita era a solução para mães ocupadas da vizinhança, interessadas em melhorar o rendimento escolar dos filhos.

— Dona Rosita, a senhora tem algum horário livre para o meu filho de 7 anos que não quer estudar e ainda não sabe ler?

— Se ele não for muito trabalhoso, arranjo um jeito de incluir na turma das quinze horas.

Fim de tarde, Rosita, havendo preparado o jantar, cuidava de si com algum esmero adicional. Tomava banho, punha o perfume Coty e arrumava o cabelo com um grampo que sustentava fios lisos, vulneráveis ao vento. Disfarçava as sardas com um pouco de pó e acrescia um sinal de beleza no alto da bochecha, feito de lápis negro. Um rouge adicional, e se sentia pronta para dar o ar da graça.

O vestido estampado com saia rodada e um relógio que, segundo suas palavras, "era de enfeite" completavam o arrumado para a sua ida até a praça da igreja. Lá, saberia dos acontecimentos do dia e encontraria amigas.

Depois que se arrumava, era possível vê-la, por diversas vezes, ajustando o relógio para o meio do braço; o adereço, dourado, era tratado como uma joia. Ela orgulhava-se da peça, supondo que todos achariam que não era miçanga, mas ouro legítimo. Comprou-a de um vendedor, com as economias das aulas particulares. O fato de o relógio ter parado depois de três meses de uso não provocou diferença significativa. Acostumada a relacionar o tempo com a duração das tarefas, era capaz de adivinhar as horas ao término de cada atividade. Por esse motivo, poupava o uso do relógio para os momentos em que ele tomaria assento em seu braço, cumprindo sua verdadeira função de enfeite. Quem iria adivinhar que ele não funcionava?

Uma das amigas que a acompanhavam nas idas à praça desde as quatro e meia batia na porta e esperava o momento de saírem juntas.

— Vamos logo para ver a entrada da missa. Você já terminou tudo?

— Vou já, Fátima. Falta só desligar a sopa.

Na praça, era possível ver a entrada e saída de frequentadores da igreja, os primeiros encontros de futuros casais. Rosita já se sentia excluída dessa antessala dos pares por causa de seus 35 anos sem namoros para contar. Na condição de observadora, ela e a amiga apuravam o olhar para o que consideravam escolhas desiguais. Os homens bonitos que se deixavam encantar por moças fáceis, de comportamento duvidoso.

— Parece que homem só gosta de mulher oferecida — comentava Rosita, recebendo o assentimento da amiga.

Foi na entrada da igreja que Rosita percebeu Wilson Machado, entrando de mãos dadas com a esposa. Reconheceu-o à distância e nem disfarçou o rubor.

Por alguns instantes, imaginou-se sendo ela a acompanhar o radialista. Não teve coragem de se aproximar, só usufruíra de longe a visão do dono da voz, fazendo eco em sua fantasia. Depois, voltou à realidade e lembrou que em breve telefonaria para o programa do locutor. Pediria o anúncio de mais um aniversário do sobrinho de 15 anos.

Com a cabeça no travesseiro, Rosita sentiu uma lágrima e logo a estancou, supondo que ela arriscaria abrir espaço para tantas águas guardadas. Aprumou o pensamento e catou alegria nas brechas de sua solidão. Resolveu que, em vez de telefonar para a emissora, iria pessoalmente entregar ao locutor o anúncio por escrito.

Arrumaria as tarefas mais cedo e cuidaria de lustrar com a flanela o relógio guardado na caixa.

Veleda

O VESTIDO PRETO ERA O ÚLTIMO POSICIONADO ENTRE outros, de modo a levar um pouco de ar quando o armário era aberto. Assim, renovava o que nele havia ficado do cheiro de tristeza. Uma mancha de lágrima borrada de pó havia sido tirada, depois de uma leve esfregada com produto especial para a função.

Quando próximo ao uso, o vestido era transportado e pendurado no armador, até ficar arejado em sua missão de consolar a dor alheia. Era quando avisavam à Veleda que alguém tinha morrido, e ela se preparava para a visita. Ia a pé até o local do evento e, se chegasse mais cedo, poderia ser identificada com a família. A cor da vestimenta e as lágrimas derramadas não punham dúvida nos visitantes que vinham partilhar os devidos sentimentos. Veleda buscava proximidade física com os parentes, integrando a cena dos que naquele momento eram alvo de condolências, tentando consolar a dor na contiguidade dos corpos. Às vezes, ajudava no preparo de chás para servir aos visitantes, recebendo no fim da cerimônia agradecimentos da família.

Como a memória havia apagado a profissão de carpideira, a ação de Veleda era vista como exemplo de solidariedade cristã. Pouco a pouco, passou a ser a segunda pessoa, depois do padre, a compor as funções próprias do ritual de despedida. Quando a avisavam com pontualidade algum sinistro, ela parecia transportar a notícia no corpo. A tragédia sem palavras podia ser vista em sua travessia, com passos rápidos ou lentos, a depender da distância a percorrer.

— Olha lá a mulher de preto, deve ter morrido alguém.

Veleda casou-se jovem e logo enviuvou. Não antes de trazer ao mundo cinco filhos, que recebiam da mãe o desvelo diário fibra por fibra. Foi na morte do marido que prometeu a Santa Terezinha acompanhar todas as viúvas da cidade, em seus momentos dolorosos de despedida. Depois a promessa foi se ampliando e sua presença estendeu-se para outras partidas. Sem o critério inicial de escolha, a única recusa ocorria quando o vestido preto, lavado depois de uso recente, ainda estava molhado. Recompunha a ausência na missa de sétimo dia.

Pouco a pouco as filhas de Veleda foram assimilando esse contato inusitado com os rituais da despedida. Liduína, a filha mais velha de Veleda, herdou da mãe a solidariedade com os que partiam. No entanto, tinha preferências distintas. Enquanto Edite, a irmã mais nova, acompanhava a mãe nos velórios, Liduína ia direto ao cemitério e realizava a democracia das rosas, retirando excessos de túmulos abastados para outros mais simples. Sentia-se fazendo a distribuição corretiva das homenagens, reverenciando os que não tinham mais forças para lutar. Os reparos pela continuidade das injustiças para além da vida tinham também a cumplicidade de Veleda. De vez em quando era possível ver mãe e filha tomando chá na capela do cemitério.

Foi Edite quem deu a notícia à Veleda.

— Mãe, a dona Marta disse que morreu o seu Marcelo, marido da dona Letícia.

— Ainda bem que o vestido está enxuto. Prepare-se para irmos juntas hoje à tarde.

Aurélio disfarçava, com sua presença e ar de tristeza, o tempo de namoro às escondidas que parecia já sabido por alguns. Como os gestos costumam valer mais que muitas palavras, não passou desatenta para Veleda a troca de olhares entre a viúva e o amante. Mais que piedade, o lance visual se quedava na ternura contida, à espera de momento mais secreto, quando poderia se expandir em outros gestos e palavras. Na ocasião em que a presença do morto pesava sobre todas as coisas, Veleda, com sua ausculta atenta aos detalhes, parecia ignorar a necessária cautela própria de momentos em que as críticas deveriam perder o sentido. Assim, curiosa na atenção, adentrou uma intimidade velada por flores e cheiro de vela.

Naquela cidade interiorana de Araras, as lágrimas não lavavam maledicências. Alguns se lembravam da fala indiscreta de Veleda, alardeando, depois do velório, a presença do amante de Letícia na despedida do marido.

— Na própria casa da viúva — cochichava Veleda entre vizinhas.

A notícia da partida de Milton surpreendeu toda a cidade. Homem de posição, ele tinha entre o conjunto de admiradores mulheres de todas as classes e faixas etárias. O médico da cidade, subitamente vítima de um infarto, provocou verdadeiras romarias à sua residência, até que o padre decidiu abrir as portas da igreja para acolher a multidão sem espaço para se expandir.

A esposa pranteava o local com discreta dignidade, vestida de branco e usando óculos escuros. Não cogitou reivindicar a direção da despedida de Milton, resignando-se à condição de viúva de um líder carismático sobre o qual não poderia deter com exclusividade o curso das homenagens póstumas.

Veleda acordou muito cedo e cobriu-se de um negro mais intenso que unia a roupa e a alma. Banhou-se e perfumou-se como se Milton pudesse sentir seu cheiro, como se tomasse o rumo de mais um encontro clandestino, como se os olhares a ela dirigidos trocassem a bisbilhotice pela piedade. O canto da despedida "Eu sei que vou te amar", que ela não podia acompanhar no engasgo da voz, parecia anunciar sua segunda viuvez.

O sacrifício da morte corrige os pecados, pensava Veleda, agradecendo as condolências dos que nada sabiam e dos que sabiam, mas disfarçavam.

Zenaide

ZENAIDE ERA TÍMIDA, MAS CANTAVA NO BANHEIRO. Sua voz não se reteve nas quatro paredes, reproduzindo-se em algumas cópias de disco feitas por um parente que trabalhava na gravadora Uirapuru. Um compacto guardado na gaveta era seu talismã tocado aos domingos em vitrola da casa, até o momento em que começou a arranhar e se tornou inaudível.

Se a beleza fosse critério exclusivo de julgamento, certamente Zenaide estaria reprovada no mundo das avaliações. Ela até então não havia apresentado namorado, ausência já motivo de conversa naquela casa de muitas mulheres com fantasias de futuro:

— Acho que ela vai ficar para titia — comentavam as irmãs mais novas, Angelita, Maria do Carmo e Iolanda, referindo-se à ausência de pretendentes nos 30 anos de existência de Zenaide, já passando do tempo-limite de casar na pequena cidade do Crato.

Mas, como nem tudo se regula pelo esperado, Zenaide se inventava na brecha de dons que não vêm só da aparência física. A simpatia era sua marca. Sorria quando se aproximava de um conhecido. Mesmo entre estranhos, tinha um olhar de acolhimento que a tornava graciosa. E era esse o seu apelido. Uma vez sendo assim chamada, esforçava-se para correspondê-lo.

— Graciosa, por favor, quando vier do trabalho, compre meu remédio na farmácia — pedia-lhe a irmã Maria do Carmo.

— Sim, hoje vou sair um pouco mais cedo e trago sua encomenda.

Zenaide até poderia ser considerada atraente, mesmo com suas pernas finas e nariz adunco, não fosse o comparativo de olhares dirigidos às irmãs mais bem-dotadas. Como se quisesse equilibrar as diferenças, por ocasião da visita de famílias acompanhadas de eventuais pretendentes, Zenaide, a graciosa, servia sucos e se esmerava no vocabulário, bastando sentir-se dominando algum assunto. Uma vez pôde opinar sobre o uso de inseticida e adubo nas plantas, servindo-se de conhecimentos adquiridos na enciclopédia.

Era no banheiro, sob o deslizar da água no corpo, que exercia sua melhor graça. Um canto que ecoava na casa inteira fazia todos adivinharem que Zenaide fazia sua toalete matinal. "Ciciuci, Canção do Rouxinol" era a música preferida, e sua voz se esmerava em tom soprano:

"Quando eu te namorava
somente via
muita felicidade e poesia...
Ti, ti, ti, ri, ti um rouxinol cantava assim...".

E a lembrança do intérprete original, Cauby Peixoto, grande sucesso do momento, espalhava alegria pela casa.

Nos intervalos do canto, era possível imaginar uma toalete feita de etapas. O silêncio, sem o barulho do banho, supunha que ela parava de cantar assim que cessava o ruído da água. Também era ali no banheiro que se sentia livre, espalhando o odor de sabonete Alma de Flores e Lavanda *Phebo* que inundavam a sala e personalizavam o banho. Zenaide cultivava o cheiro como algo pessoal e nunca se esquecia de recolher, do único banheiro da casa, os artefatos de sua toalete.

Às vezes, as músicas cantadas eram tristes, sendo possível imaginar que naquele momento Zenaide deixava escorrer lágrimas, entremeando cantiga e silêncio. Uma vez, saiu do banheiro com os olhos vermelhos, justificando que tinha sido por conta do xampu.

Era no trabalho como secretária que encontrava seu melhor reconhecimento.

— Quero que você classifique as fichas de clientes e veja por ordem alfabética quem ainda está devendo ou tem maiores possibilidades de contratar nossos serviços — disse Maurício, diretor de uma empresa de produtos químicos.

No tempo em que não havia computadores, a organização individual era predicado necessário.

— Pois não, iniciarei agora mesmo, e continuo até o final do dia — afirmava Zenaide com o olhar mais lento que o habitual, um sorriso de prazer antevendo a execução da tarefa.

Quando Maurício, no dia de comemoração dos dez anos da empresa, começou a tocar violão, não supôs que teria a companhia de Zenaide, enfeitando suas notas com uma voz de soprano que ele desconhecia. Nesse momento, ela fechou os olhos e imaginou-se no banheiro, fazendo meneio de braços e mãos que acentuavam a tônica dos agudos.

Quando os convidados foram saindo e a bebida aqueceu o ambiente, Zenaide já cantava a canção "Samba em

Prelúdio" olhando nos olhos do tocador: "Sem você, meu amor, eu não sou ninguém". E cantaram o final em dueto.

Dois meses depois, Maurício pediu para se casar com Zenaide. Visitou os pais e declarou suas intenções. As irmãs, surpresas com o acontecimento inusitado, não ousaram verbalizar a pergunta que pairava no ar:

— Como a menos bonita do conjunto de quatro, a que se supunha já candidata a solteirona, conseguiu encantar o rapaz que ainda por cima lhe oferece serenatas?

"O coração tem razões que a própria razão desconhece", cantou Maurício, durante uma madrugada de lua cheia. Foi quando as irmãs perceberam que a beleza de Zenaide vinha de um lugar desconhecido.

Sua voz e sua simpatia eram como um pacote a ser desenrolado. Zenaide guardava dons; e para melhor vê-la era preciso fechar os olhos e apurar os ouvidos.

© 2025, Irlys Barreira

Equipe editorial: Lu Magalhães, Larissa Caldin e Sofia Camargo
Preparação de texto: Fernanda Guerreiro
Revisão: Gabrielle Carvalho
Capa: Casa Rex
Projeto Gráfico e Diagramação: Sofia Camargo e Lucas Saade

Dados Internacionais de Catalogação na Publicação (CIP)
Angelica Ilacqua CRB-8/7057

Barreira, Irlys
 Mulheres em ponto-cruz / Irlys Barreira. — São Paulo : Primavera Editorial, 2025.
192 p.

ISBN 978-85-5578-153-7

1. Contos brasileiros 2. Mulheres I. Título

24-5445 CDD B869.3

Índices para catálogo sistemático:
1. Contos brasileiros

PRIMAVERA
EDITORIAL

Av. Queiroz Filho, 1560 — Torre Gaivota Sl. 109
05319-000 — São Paulo — SP
Telefone: + 55 (11) 3034-3925
+ 55 (64) 98131-1479
www.prideprimavera.com.br
contato@primaveraeditorial.com

edição: 1ª edição
impressão: ColorSystem
papel de miolo: pólen 80g
papel de capa: cartão 250g
tipografia: albra book; charter

PRIMAVERA EDITORIAL